U0709603

你是我的烟火人间

胡纯 著

山西出版传媒集团 北岳文艺出版社
BEIYUE LITERATURE & ART PUBLISHING HOUSE

· 太原 ·

图书在版编目（CIP）数据

你是我的烟火人间 / 胡纯著 . —太原：北岳文艺
出版社，2023.12
　　ISBN 978-7-5378-6803-7

　　Ⅰ . ①你… Ⅱ . ①胡… Ⅲ . ①中篇小说-小说集-中
国-当代②短篇小说-小说集-中国-当代 Ⅳ . ①I247.7

中国国家版本馆 CIP 数据核字（2023）第 243318 号

你是我的烟火人间

胡　纯 / 著

出品人 郭文礼	出版发行：山西出版传媒集团·北岳文艺出版社 地址：山西省太原市并州南路 57 号　邮编：030012 电话：0351-5628696（发行部）　　0351-5628688（总编室）
项目统筹 刘文飞	传真：0351-5628680 经销商：新华书店 印刷装订：四川科德彩色数码科技有限公司
责任编辑 武慧敏	开本：880mm×1230mm　　1/32 字数：170 千字
装帧设计 书香力扬	印张：7 版次：2024 年 1 月第 1 版 印次：2024 年 1 月四川第 1 次印刷
印装监制 郭　勇	书号：ISBN 978-7-5378-6803-7 定价：68.00 元

本书版权为本社独家所有，未经本社同意不得转载、摘编或复制

CONTENTS

你是我的烟火人间

静吧里头，灯光是暧昧的昏黄。

驻唱乐队正在弹唱《鬼迷心窍》。很多年前的流行歌，被妙龄姑娘演绎得别有一番柔美的味道。

沈丘将杯中的饮料一饮而尽，说："最肆意的人生就是喝最烈的酒，爱最爱的人，我过敏，喝不了酒，所以就只好爱最爱的人。"

对面坐着的是他刚认识的女孩子余嘉。她穿着黑色包臀裙，身段玲珑，妆容艳丽，一看就在场子上混了很久。

余嘉抿了一口酒，漫不经心地笑着说："沈总，那么我是你最爱的人吗？"

沈丘笑了笑："有没有人告诉你，你的眼睛长得很美？天上所有的星星加起来，都没有你的眼睛亮。"

这样的情话，他张口就来。

逢场作戏，沈丘不走心，也没有必要走心。

他那不多的真心，在很多年前就已经消耗殆尽。

当然，余嘉也没把他的话当回事，撩了一下头发："沈总真的很会说话，也很温柔。"

沈丘说:"那当然,对着你,我肯定很温柔。"

他顺势就握住了余嘉的手,慢慢地摩挲着。

余嘉由着他去,笑着说:"这里的调酒师远近闻名,要不我们来试一下他的新品。"

沈丘心知肚明,继续摸着:"我不能喝酒,你喝。当然,我买单。"

其实他觉得调酒没有什么意思。调酒师左晃右晃,加点冰块,弄点颜色,动作再优雅一点,兑出来的酒,价格就高得惊人。

但来这儿,要的就是一个朦朦胧胧的氛围。

饮食男女借着酒的迷醉,在夜色的遮掩下,卸下衣冠楚楚的伪装,胆子比白日里大上许多。

余嘉要的就是这个,娇滴滴地说:"沈总,可惜了啊!不然我们可以一起喝。"

她早就练出来了,喝酒就跟喝水一样畅快。三杯鸡尾酒下去,她也就是眉梢上带了点红晕而已。

沈丘慢慢地问:"你多大年纪了?怎么就来这儿陪酒了呢?"

他已经做好了听故事的心理准备。

这一带酒吧沈丘都去过,几乎每个陪酒女都会给他描述一段悲惨的故事,无非是家里人得了重病,或者是惨遭男友抛弃,或者是家里特别苦,要出来工作供养弟妹读书。

一个个说得有鼻子有眼,连细节都很真实,仿佛就是她们货真价实的经历。

一开始他还信以为真,同情心泛滥,到后来故事听得太多,他就没感觉了。

余嘉笑得放肆:"爱钱,这行来钱太快了。"

她就是晚上打扮得漂漂亮亮的，出来陪人喝酒聊天，运气好一天能收到几千的抽头。这实在是太诱惑了。

挣多了快钱，再让余嘉去踏踏实实打工，一块一块地攒钱，实在是做不到。

她也知道这一行做不长久，有上岸的心思，但总是坚持不了几天，又继续来场子里捞钱。

到底收入跟潮水一样涌来，来得太容易，余嘉就忍不住大手大脚地花掉。

由奢入俭太难，于是她就这样，一年又一年在灯红酒绿里迷醉。

余嘉也不知道这种日子能够持续多久。熬夜和酒精都在加速消耗着她的青春。

今年才二十五岁，她就已经在镜子里看到眼角有皱纹了。虽然她一发现就去了趟美容院，做了项目。但以后呢？

余嘉也不知道以后是个什么光景。那就今天过好今天吧。

眼前的沈丘，她是知道的。每隔一段时间他就过来一次，花钱大方，但也就是喝喝酒摸摸手，没有再多出格的事情，已经算是很好应付的客人了。

今晚能遇到他，余嘉的运气不算太坏。她打起精神继续赔着笑："沈总，人家就喜欢漂亮的衣服首饰化妆品包包嘛！"

沈丘笑了："那行，我送你一个包吧。付款码给我，我扫给你，你自己去买。"

余嘉大喜过望，随便开口就能捞到一个包包，远超过她的预期。

她不由得去仔细看着沈丘。

眼前的男子已经三十多岁，穿着休闲款的大牌衣服，一看就很有"钞"能力。据说他开的公司，效益很好。

要是能把沈丘搞定，长期持有，她下半辈子就不用愁了。

于是，余嘉看沈丘的眼神越发热络了："沈总，你真好！人家好喜欢哟！"

沈丘根本不在乎。两三万块钱对他来说，就是轻飘飘的一个数字而已。他站起来："行了，时间不早了。我要走了，你要走吗？要不要我送你回去？"

沈丘不喜欢威逼，只是下了足够的诱饵。人家自愿上钩，他也不介意。总归是，对漂亮的女孩子，他来者不拒吧。

尤其是这两年，他更不会拒绝了。到底青春一去不复返，他已经进入了中年，精力比起很多年前差了许多。

沈丘很想回到巅峰的状态，但再怎么健身，也改不了他眼神里的疲惫。

中年就是中年，人有了故事，眼神里就没有了年轻时的清澈。看人看事都带了审视的眼光，生怕对方笑脸背后都充满了算计。

是的，到处都是别有用心。

等他终于混出头了，再来接近他的人，各有各的目的，总想在他身上捞到什么。全部都是利益交换。

很累，但躲不掉，身不由己。

其实很久以前，他不是这样的。

那是十多年前的事吧。

那时候他很年轻，也曾捧着一颗真心给过人家。

初恋嘛，心最诚。

他对那个女孩子真的是掏心掏肺啊！身上有十块钱，九块九都要给女孩花，恨不得把自己最珍贵的东西一股脑地给了她。

遇到她，沈丘才知道愿意为爱上刀山下火海，真的不是空话。

他爱那个女孩子爱到骨子里去了，发誓要让人家过上好日子。

可对方和他拉拉扯扯了两三年，最后选择了现实，挑了一个有房子的本地人嫁了。

沈丘不怪她，现代社会吃穿用度哪一样不要钱？人家那么选是无可厚非的。但沈丘的心碎了，这么多年，他再也不想提那个女孩子的名字。

反正自她之后，从此巫山再好也不是云了。

不是说后面的姑娘人不好，他之后也断断续续谈过几段恋爱，但都是无疾而终。毕竟让他再去完全信任一个人实在是太难了。

开始沈丘会怀疑，会推测，从女孩子的行为中找出只是爱他钱的蛛丝马迹。

再后来他想通了。

反正他也不想天长地久，只要一瞬之间的动心，快餐式的相处，非常容易。沈丘可以从不同女孩子那儿得到不同的感觉。

反正他最爱的人已经不在他身边了，人生如荒漠，即便有再多的光环，也掩饰不了内心的空虚。

当看到余嘉装醉，靠着自己，沈丘甚至有些许的鄙夷。

什么货色啊，一个包，几杯酒水，他就可以把人带走了。

主动送到嘴边的，他觉得索然无味，但这就跟鸡肋差不多，真要放弃呢，又有一点可惜。不吃白不吃嘛！

这一带的酒吧有地下停车场，私密性很好。但沈丘今天是突然起意来的，地下停车场都已经停满车了，就把车停在了附近路边的停车位上。

于是，沈丘就披上了加绒的皮衣，顺手扶着女孩走了一段路，让她坐在车子后座上，然后扣好了安全带。

他已经不记得这是他带走的第几个女孩子了。在花丛中流连忘返的时间太久，那些花朵的样子也都变得模糊不清。

沈丘拉开车门，刚要上车，目光往路边一瞟，然后僵在了原地。

对面马路边，有几个人在兜售花束。他们左顾右盼，一边招揽着客人，一边注意有没有保安过来驱赶。其中一个女子穿着很普通，身影很熟悉。

沈丘只觉得自己破碎成千万块的心如镜子碎片，在弹簧垫子上反复跳着，手心不由自主地沁出了汗珠。

他是不会认错人的。

那个身影在他的心底刻了深深的烙印。即便是很多年不见，沈丘依然会一眼就把她认出来。

可是，怎么可能？

她不是嫁人了吗？对方在本地有房，家里有厂子，怎么会在这里出现呢？

沈丘定了定神，深吸一口气，然后走了过去。

他快步往前走。两个人之间距离不长，沈丘很快就走到了女子的身边。对方正专心地向一对情侣推销手里的玫瑰花束，余光带过沈丘，也愣在那儿。

很显然，女子也把他认出来了。

但对方完全没有和他相认的意思，不过是几秒之间，就移开目光，继续介绍着花。

沈丘站了十几秒钟，实在是忍不住，说："王钰，你怎么在这里?"

路边的灯光很亮,王钰的脸色很白。她装作若无其事的样子,极力堆出笑容:"老板,快到情人节了,买一束花给女朋友吧!"

总有十几年没有见了,王钰的容颜憔悴了许多,就像是一朵半残的红玫瑰,花瓣卷了起来,边上带点焦黄,依稀可以看得见当年美丽的容貌,但比起从前,肯定是差了许多。

沈丘没来由的一阵心疼,她怎么把日子过成这样!

但他脸上却是皮笑肉不笑的:"不敢认了?呵呵!你现在卖花是吧。这些花多少钱?我全买了。"

王钰压下所有异样的心思,说:"老板,六十八一束,有十五束,一千出头,抹零后,给一千就好。"

一千?

才一千啊!

扣掉成本,她挣不了多少钱吧,连酒吧里的一杯酒都买不起。

二月份初,是南江的早春,外头夜里是天寒地冻的。王钰居然就为了这点钱,拉下脸皮在风里吆喝着。

突然遇到沈丘,王钰恨不得立即跑了,但是她不能跑,她必须要把花卖掉。花不比别的,放不得。今晚这批花卖不掉的话,那么明天就没用了。

她已经过了风花雪月的年纪,早早明白了生活的艰辛,也知道自己不能意气用事。

王钰很需要这点钱。

她也知道自己这个样子没什么出息,但说穿了,凭着自己的本事吃饭并不寒碜。

现在的她没有什么豁不出去的。

沈丘冷漠地说："微信号给我，我转账给你。"

王钰的脖子上挂着一块牌子，上头有二维码。她举起牌子，笑容满面地说："老板扫码就可以了。谢谢老板。"

她不太想跟沈丘再有联系了。

只是这次见面，让她很惭愧。她看沈丘这个样子，就知道他一定是越混越好了。与其出现让他嫌弃，还不如彻底从他的世界消失。

王钰有自知之明。

但人心是复杂的。虽然王钰嘴上拒绝了，但在心里还是有一丝的念想。

十几年前的旧恋人，自带了时光的白月光。王钰总是希望对方心里还是有自己的。

并不是想继续拖泥带水、黏黏糊糊的，王钰只是偶尔在忙碌的生活里想起来，总有一丝的幻想。

要是自己当时选择了他，吃苦几年然后熬出来，会不会是不一样的人生际遇？

总说人要现实，要选择面包。当王钰真的选了面包的时候，发现自己过不了心底的那一关，她骗不了自己的内心啊。

当然她也知道，再给她一次机会的话，肯定也是一样的选择。可她就忍不住去想啊。要是她选了沈丘，会不会遇不到后面的那些波折？

这种事不能往下想的。

念头本就潜伏在心底的角落，王钰乍一见到沈丘，这些念头就又蠢蠢欲动，就像春天的笋子原本是藏在地底下，表面看是看不到什么痕迹的，可几场雨后一下就忍不住顶出了头。

于是她逼着自己摒弃那些缤纷的想法，只关注手头的事情。

沈丘突然很生气，他的情绪跌宕起伏，而王钰却还能没心没肺地笑出来。

一直都是这个样子，王钰总是能轻而易举地捏住他的心情。

沈丘很想把她的心剖开，看看里头到底是什么！他很想说几句狠话，冷嘲热讽一番，但那些不中听的话就是卡在他的喉咙里说不出来。

罢了。

对上王钰，他总是会心软。

沈丘说："加个微信，我只愿意转账给你。"

他下意识地主动调出了微信二维码。

之前，他们分手分得不算体面，狠狠闹了一场，之间所有的联系方式都没有了。

但实际上，沈丘内心深处根本就不想和她断了联系。

说白了是王钰对不起他，但沈丘哪怕知道得清清楚楚，可还是没办法去恨她。

他心里舍不得去恨，只会一遍一遍地检讨，是当年的他不够好，没办法护住这份爱情。

实际上也是如此。如果是今天的他，能轻轻松松地拿出钱，风风光光地把人娶了，后面的事情，他们根本不会遇到。

在社会上摸爬滚打了那么多年，沈丘也知道人性是不能去考验的。真是遇到了考验，十个里头有九个都是要输掉。

但这世上哪有那么多的如果啊。

王钰犹豫了一下，还是扫了沈丘的二维码。就几秒钟，两个十几年断联的人又联系上了。

沈丘立即去看，王钰的头像是一朵卡通向日葵，朋友圈三天可见，空空荡荡的。

他默默地修改了权限，开放了所有的朋友圈。虽然发的不多，但每年总会有几条。只可惜现在的朋友圈没有访客记录，沈丘没有办法知道王钰到底有没有去看他的朋友圈。

在他心里还是希望王钰能去看他的朋友圈。如果她看了，就说明她还关心他。也许在她的心中，他还是有一定的位置。

沈丘现在也没想怎么样，人家早结婚了，他所要的也就是王钰不要那么轻易地把他给忘记了。

凭什么他在这里想忘又忘不掉，王钰转头就能和别人过自己的小日子？他真的放不下！

至少他想确定，在他们相恋时，是真心相爱的。

沈丘点了转账。

王钰看到数额，立即说："老板，你给多了。一千就够了。您给了一万。"

沈丘看着王钰，只觉得她不可思议。她不是喜欢钱吗？他多给钱，她不应该高高兴兴地收下吗？居然会主动地跟他提出来给多了。

但送出去的东西哪有收回去的。他现在又不是没有这点钱。

沈丘说："我还要到你这儿买花的。"

王钰眼睛一亮："还要么？老板什么时候要呢？我可以给你送过去的。"

沈丘看着王钰的眼睛，心思一阵摇动。

她的眼睛真美啊，仿佛满天星星都被收在她的眼睛里了，晃得他没来由的一阵心跳加速。

沈丘明明一滴酒都没有喝，但却觉得自己好像是醉了。

这是心醉了。

即便过了十几年的时间，纵使王钰的容貌大打折扣，但是沈丘依然会心跳加速。

真不知道王钰到底是哪里好了，这么久了，他还是会反反复复想她。

沈丘知道他们是不可能再有结局了，他很想去放下，但无论用什么法子，依然还是会记起。日子久了，他们吵架的细节他已经不记得了，可当时相处时美好的记忆，却愈发清晰。

沈丘尽力让自己的口气不那么温柔，说："你先收下吧，我回头把地址发给你。"

王钰又问："那这些花束要搬到哪里呢？"

每束花都是很大的一捧，除了她手里拿的，地摊上还摆了十几束。这些花都是她精心插的，搭配得当，很是漂亮。

一阵高跟鞋响，余嘉摇曳而来，一脸惊喜："沈总，你太好了！给我买这么多花呀！好美啊！"

余嘉在车上等了一会儿，见沈丘没来，就下车来看看。她正好听到王钰说的最后一句，便按捺不住欣喜。

头一次见面，沈丘就肯下车买花，这是一个很不错的开端。

她没有在意王钰，毕竟年纪摆在那里，穿着打扮的更是不怎么样，只当王钰是单纯的卖花老板娘。

余嘉直接去挽沈丘的胳膊，嗔怪："沈总，我好喜欢你花的心思哦！"

沈丘一开始想躲开，但看见王钰只是在平静地收拢花束，气不打一处来。看人家女孩子都已经上手了，怎么王钰一点反应都没有啊？

他不敢往下想，难道对方就真的一点都不在乎他吗？

沈丘赌气似的由着余嘉挽着自己，甚至还故意往她那边靠了靠。

他说："花都放到我车上去吧。"

实际上王钰没有沈丘看到的那么平静。她在克制着自己。毕竟当时她放弃得那么干脆利索，现在说后悔，实在是情何以堪。况且，这一刻她的真实感受已经不打紧了。在生存的压力面前，那些情情爱爱不值得一提。

总是要先把日子过下去，再去想日子能不能过得很好，心里的感受是什么样子。毕竟，人生都是往前走的，从来就没有回头路。

十几年过去了，她已经结过婚，沈丘也不可能一直单下去。没有这个女孩子，也会有别的女孩子站在他的身边。

她早就不是沈丘的女朋友了，凭什么不高兴。如果她流露出一丝一毫的不自然，那么真就是自己给自己找不自在。

王钰没有说什么，默默地搬运着花束。她半低着头，脖子像玉一样白瓷。

这样好的瓷器就应该放在大的展厅里，被灯光照着，在合适的温度里，被人精心地伺候着；而不是像现在这样，随随便便地扔在马路边，就像一块破抹布一样。

沈丘又心疼了。

他心里头再不高兴，也舍不得让王钰这般吃苦。

算了，到底是他爱的人，就算是为了从前那点情分，他也应该帮一把，让她少做一点事情。

沈丘说："不用弄了。我把车掉个头开过来，你等一下直接放到车里面。"

他看了一眼余嘉，心里不免起腻，不想继续了："你等一下打个车直接回去，车费我报销。"

余嘉自然不想走。好不容易才有机会接近沈丘，她实在是不愿意轻易地放掉这个唾手可及的饭票。

况且刚才他们之间的气氛不是很好吗？沈丘都给她买花了。怎么现在突然境况就急转直下了呢？

余嘉堆起笑，身子往沈丘那边靠过去："沈总，要你送啊，你刚才已经答应我了，要送我回家的。人家本来还想要请你到我家喝茶呢！"

都是成年男女，有些事情不用说得那么明了。

等于余嘉是主动邀请了沈丘。

她对自己的容貌很自信，身材火辣，肤白貌美大长腿。男人嘛，哪有不爱吃肉的，尤其是她已经主动到不能再主动了。

本来这种你情我愿的游戏，沈丘是愿意玩玩的。但今天他就是不想玩。

他遇到王钰了。

沈丘直接叫了一辆车："车给你叫好了，你上车就行，费用我这边结算。"

不想就是不想，他拿定主意了，别人再怎么说也没有用。

余嘉不愿意走，但是车很快就来到旁边了，她笑着掏出了手机："沈总，留个联系方式吧。"

沈丘彻底没了兴致："不留了。"

余嘉实在是摸不到头脑，刚刚不是挺好的，怎么现在就完全不行了呢！但她也知道太多的纠缠没有意义，只好悻悻地离开。

好在她没有实质性地付出什么，就短短几个小时，比平时多挣了不少钱，不吃亏。

于是，余嘉调整好笑容，说："那好。沈总，我就在这一带，你要经常来哦！"

她摆了摆手，像水蛇一样钻进了车子里。

沈丘果然去开车，王钰犹豫了一秒，叫住了他："老板，喝酒不开车的。"

听到这句话，沈丘猛地回过了头。这是王钰在关心他吧！

说来也奇怪，明明有很多人都关心过他，唯独王钰的关心，哪怕只是稀松平常的一句话，他也会听到耳朵里，记在心上。

感情这种事情还真是没有理由。沈丘也不知道这个负心的女人哪里好了，怎么有这么大的魅力，迷得他晕头转向。他除了用鬼迷心窍来形容自己，还真找不到其它合适的词汇。

他不由自主地放软了口气："我过敏，你忘了吗？我在外头不喝酒的。"

王钰说："男人应酬多，怕你推辞不过。"

她怎么能不记得呢？沈丘喝几口酒，身上就会长疹子。

那时候年轻气盛，同学们聚会，沈丘要逞能，跟着喝，回去以后没多久就痒得受不了，红色的疹子一个接一个冒出来，连成了片，得吃氯雷他定，有一次他喝多了，还被送进医院输液。

但这都是很多年前的事了。

沈丘很快把车停到了她旁边，帮着她把花束一束束放在了后排座位上。

他说："不会了，现在我滴酒不沾。"

到这个岁数了，自己的身体还是要保重的。

沈丘说："时间不早了，我送你回去吧。"他迟疑了一下："也不知道你方便不方便。"

他已经做好了被拒绝的心理准备。沈丘也看得出来，王钰没有接近他的意思。

只是他有很多问题想问。王钰毕业时找的工作收入挺高的，嫁的人条件应该也不错，不至于出来摆摊。

但很显然，对于个人的事，王钰不想多说。

果然，王钰认真地推辞："不用了，我搭地铁回去就可以了。"她犹豫了一下："剩下九千块钱的花束，老板，你要送到哪里？"

沈丘说："王钰，这里也没有外人。有必要和我那么见外吗？我们认识的。"

他们曾经是恋人啊，熟悉得不能再熟悉了。

王钰支支吾吾的。她觉得自己挺没有骨气的。虽然她说服自己只是卖花而已，收下沈丘的一万块钱，但她也知道他只是因为她才愿意去花这个钱的。她很不好意思，但这个钱她不想拒绝。

王钰太需要钱了。

花钱的地方太多了，但又不得不花。可她挣钱却是那么艰难。

王钰在冷风里站个十几天，几个地方辗转奔波，磨破了嘴皮子去卖花，也未必能挣到今天这个数。

沈丘敏锐地觉得王钰还有什么事情瞒着自己。

他说："地址我明天微信告诉你，今天我先送你回去吧。"

王钰手搓着衣角。这衣服她穿了十几年了，下摆都磨破了，露出里面的内层。那内层都起了毛边儿了，原来应该是白色的，但现在上头有黄色或者褐色的污渍。

沈丘微微皱起眉头，王钰穿的衣服怎么旧成这样？不应该啊！

他忍不住问："你到底怎么了？这些年过得好吗？"

应该是不好吧，看王钰的样子就知道了。

说真的，看负了他的人得到这个下场，应该是要快意的。可真当这一幕摆在他面前，沈丘却是满眼的心疼。

他还是希望她过得好些，被放在手心里呵护着，一直漂亮美丽。

但王钰也不能过得太好，太好就不可能需要他了。

王钰嘴硬："挺好的呀。有了个儿子，儿子今年十岁了，上小学四年级。"

是了，王钰结婚很早，好像二十三岁那一年就嫁人了。有朋友告诉过沈丘，她是夏天突然结的婚，第二年春天就生了个儿子，步子在那一批同学里算是最快的。

呵，他记得那个时候他们刚刚分手吧，大吵大闹后陷入了冷战。

当时，他还沉浸在无尽的悲伤里，王钰转头收拾出了笑脸，愉快地披上了婚纱，和别人许下一生一世的诺言。

沈丘没再坚持："你现在就坐地铁回去吗？我开车送你到地铁站吧。"

话说出口，他都觉得自己跌份儿。他应该神色冷峻地抬起脸，头也不回地从王钰身边离开。但好像他就是做不到，忍不住想去为王钰做点什么，哪怕现在没有一个合适的身份去做这些事情。

沈丘想了想："不管怎么样，我们还是老同学啊！"

他们是大学同学，一开始不算太熟悉，后面他就开始追她，再后来两个人越来越近了，大三起正式谈恋爱，直到王钰工作的第二年干脆利索地另嫁他人。

其实大学同学是有群的。之前是 QQ 群，之后是微信群。但王钰婚后仿佛是人间蒸发了一般，之前的所有联系方式，包括 QQ 都不用了，之后新开的微信群更是没有加。

沈丘留意过，就是大学里王钰的三个舍友也没人和她有联系。

她很痛快地把大学时光和日后生活做了鲜明地切割。

王钰是怕他纠缠吧。

确实是，一直以来他都是一个很有韧性的人。认准一件事情，就会持之以恒地做下去。如果当时没有断联，以他的为人，他大概是会继续找她的。但这样的结果显然是王钰不想看见的。

他们很了解彼此。

话都说到这份上了，王钰再拒绝也实在是说不过去了。

她说："那就谢谢了。地铁站往前头两个路口就到了。我坐六号线回去。"

沈丘问："你住哪一块？"

王钰看了他一眼，轻轻地说："北园路那边的一个小区。"

那一带在浦东，靠近电视台，房价很高。

沈丘突然不想再问下去了。他怕是他刚才想错了，万一王钰过得挺好的。他这个温暖送得就很尴尬了。

他是有私心的。

沈丘内心深处还是希望她过得很一般，然后自个儿就能挺身而出，拯救她于水火，再去找机会和她继续往日的恋情。

既然命运又让他们相遇，只要有一丝的希望，他都不想放弃。

沈丘想乘虚而入，但如果对方没有那个口子，一直满足地生活在自己的世界里，他又该怎么办呢？

沈丘问："还是在那家公司吗？"

其实，他后来去那家公司找过，只是王钰结婚后就辞职了，问她公司的前同事们，也都不知道她去了哪里。

王钰说:"早不在了。"她回答得很保守,并不想透露自己现在的太多信息。

不愿意让沈丘再看到她的窘迫,王钰还想保留最后一丝自尊。

人需要一个外壳。给壳刷上五颜六色的漆,再躲在壳里头,把自己的真实际遇藏起来,好像会安全些。

沈丘问:"那现在在哪儿呢?"

王钰迟疑了一下:"主要是带小孩吧。"

这些年,她围着儿子转,断断续续地工作,打的都是零工,也把日子过下来了。

猛地回头想想,时间可过得真快啊!

她都不知道自己是怎么熬下来的,仿佛一眨眼的工夫,儿子就变得这么大了。

沈丘没想到是这个答案。

王钰在大学里是品学兼优啊!她怎么就放弃了工作,当了家庭主妇呢?太可惜了!

沈丘问:"有空出来卖花束吗?"

王钰"嗯"了一声:"挣点生活费吧。"

沈丘没有思索,脱口而出:"我家还有公司都想要鲜花点缀,以后你就固定给我送吧。"

王钰说:"谢谢。两个地方用不了那么多,一束花至少能放一周。"

沈丘轻轻地说:"我公司的总部在南江,现在效益不错。楼是自己的,带地下负一层有五楼是商铺,上头写字楼,我公司占了两层,其余基本上都租出去了。在庐州那边拆迁还分到一栋楼,也租走八成。现在自己住黄浦江边一个小区的复式楼里。我有这么多的地方，鲜花的需求量还是很大的。"

他的口气里不由自主地带着炫耀。

仿佛在说王钰当年实在是没有眼光，要是再坚持跟他两年，现在这一切都是她的，能过上想都不敢想的优渥生活。

沈丘缓缓地开着车，余光瞥过坐在副驾驶上的王钰。

也许是灯光太暗了，他总觉得她脸白如纸，没有多少血色。而且王钰比从前还要瘦一圈，多年前的旧衣套在她身上还显得宽大了些许。

王钰心中如翻江倒海一般，汹涌澎湃的情绪差点压不住了。

她看得出来沈丘过得好，但没想到沈丘过得那么好，和当年相比，真是云泥之别。

她后悔吗？自然是后悔的。

可在当时那种情况下，她好像也没有选择的余地。

都是命。

这人啊，真的是扛不过命。命里头注定的事儿来了，挡也挡不住。她也拼命挣扎过，但好像没有什么用。

早就认命了。

等等，她应该没有记错吧。沈丘是穷乡僻壤考出来的，怎么会在庐州有拆迁房？还是他为了面子，把自己夸大了几分？

大多数男人都喜欢吹牛。不过，就算沈丘是吹牛，也比从前的样子好很多。

沈丘还是想在她这儿找回存在感吧。

王钰终于笑出来，说："沈总，您在我这儿预付了九千的花束款，可以送一百五十束花。您打算一次拿多少呢？"

她话里头是刻意的疏远。

王钰是缺钱，但这一刻，她打定主意绕开沈丘，不想挣他的钱了。

实在是太尴尬。

有些人相见，不如永远不见。沈丘现在是很好，但这和她有什么关系呢？

分手就是分手了，难道她还做梦破镜重圆吗？生活又不是那些梦幻的偶像剧，那是不可能的事情。人家这个条件摆在那儿，多少条件好的女孩子会前仆后继。

这点她拎得清。

沈丘应该要死心的，但他做不到："一天一束花，送到我家里吧。地址我明天微信给你。"

其实他现在就想把她带回家，但王钰肯定不会跟他走。

沈丘也闹不清楚自己怎么会迷了心窍。见过了百花，经历过了繁华，他清清楚楚地知道王钰现在真的不算好的。现在的她在世俗的眼里已经配不上他了。

但他择偶的条条框框，在王钰那里全部失了灵。

他打心眼里认定就是她。

一见到她，沈丘仿佛觉得自己无聊寂寞的人生又有了亮色，整个人都被点燃了，燃烧起热情的火焰。

对其他人，他都是懒懒散散的，抱着无所谓的态度，套路化地调剂一下，简单不费事的主动，不拒绝快餐，事后会给补偿，但不会负责。可对王钰，他就真的想主动靠近，更想让对方点个头，允许他去负责。

送花什么的都是由头，实际上他就是想和王钰多接触。

他确实也知道他们有结果几乎是一件不可能的事情，但是他就是忍不住要去做这些事。

理智终究是让步于情感。

只要对方是王钰，他就做不到理性，做不到无动于衷，更做不到不去靠近。

王钰说："好。大概什么时间点送过去呢?"

沈丘的声音喑哑了几分："我睡得比较晚。晚上你卖完花，这个点就可以过去。"

他先提一个很过分的要求，准备看情形再降一降，和王钰一点点地磨。

果然，王钰犹犹豫豫地："这个点不早了，会不会很打扰沈总? 要不然我上午送过去吧，早上花最新鲜漂亮，扎好花束送过去刚刚好。"

她听着，沈丘说的就不是好话，人的心思很明显，奔着想做点什么事去的。

但如果是一场游戏的话，王钰不想陪着玩。

重温旧梦往往是重蹈覆辙，更何况他们现在的差别如此悬殊。她没必要为了让沈丘弥补一下当年的遗憾，而把自己的生活全都搭进去。

她的日子已经够不平静了，实在是没有精力去应付这些。

然后，她就听见沈丘说："行。一天一束花吧，上午送来，时间最好固定。"

这样沈丘才能安排好自己的行程，可以和王钰有更多的时间相处。

他的内心很矛盾。

知道这么做不太好。但沈丘心里就是有接近她的冲动。他像一个很有耐心的猎手，步步为营，去追逐自己期待已久的人，更何况王钰本该就是他的。

这个念头冒出来后，沈丘自己都被自己的想法吓了一跳。

他这是在做什么？

内心深处的目的已经明显暴露了出来，沈丘从心底还是想和她继续。

王钰说："好。"她停顿了一下，轻轻地说："沈总好像绕着这条路转了两圈了，地铁站在前面一点，要不就在附近把我放下来吧。这边路边好停车的。"

给戳破后，沈丘也没觉得不好意思："就让我送你回去吧。"

车子已经自动落锁，方向盘在他的手里，王钰都上了他的车，怎么下车还不是他说了算。

王钰看了他一眼，认真地说："沈丘，你是不是不甘心啊？事情都已经过去了。我们现在不合适的。"她的语调不疾不徐，就像陈述一件很客观的事实。

昔日恋人藕断丝连很麻烦。既然当时断得那么干净，那么现在也不要再搭上线。最好就躺在好友列表里不要再有太多交集。

人都有感情，更何况他们当时是有真感情，说一点不去想也不现实。可以藏在心底怀念，但不可以因为怀念而影响当下。

只是，道理明白再多也没有用。知道和做到是两回事。

沈丘当然不会承认，说："我就是想送送你。王钰，不要这样。我们至少可以做朋友的。"

王钰说："和从前的人不联系是对另一半最大的尊重。沈总，我的儿子很可爱。我手机的屏保就是他的照片。"

她很懊恼，刚才一念之间的迷糊，就坐上了沈丘的副驾，给了他遐想的空间。说到底还是她自己不好，行为上有疏漏。

到底很多事情就是从细微开始的，有了一就会有二，然后一点点地累积，最后防线全面崩溃。更何况他们本就是非常亲密的恋人。所以不破坏现在局面的最好办法就是她和沈丘不要再接触。

有些事没必要了，不是吗？她还有个儿子，得靠着她去照顾。

于是，王钰解锁了手机，屏幕上的照片里，清瘦的男童捧着一张画着森林兔子的水彩儿童画，笑得阳光灿烂。

沈丘看得心里很烦躁，那男童五官肖似王钰，一看就知道那是她的儿子！

之前只是听她说，沈丘没有实际上的感受，现在照片摆到眼前，对他冲击很大，让他不得不正视了现实。

呵呵，王钰的儿子都那么大了。原来一直留在原地徘徊的只有他！

可凭什么啊？

负心的是王钰，难过的却是他！人家心里没有负担，过自己的小日子去了，可他倒好，总是放不下，一年年地耽搁下来，到现在还没办法结婚。

沈丘的声音里不免有一丝喑哑："你想到哪里去了？我就是顺带送送你而已。"

王钰收回了手机："谢谢沈总。"

一口一个尊称，一口一个敬语，她在用力拉开距离。

沈丘看了她一眼，突然笑了。

王钰这个样子很不自然，有点欲盖弥彰的感觉，就像是一只受惊的小兔子，明明心里害怕了，嘴上还要说自己胆大。

要是她真对自己一点感觉没有，就不会这么紧张局促。

于是，沈丘说："很晚了。等下你要不要打电话给你老公，让他下楼来接你？"

王钰没有正面回答，说："小区有路灯。"

她不想把自己的情况和盘托出，也不想说谎。到底说了一个谎就得有无数个谎去圆，圆到最后圆不住，也就只能玩消失。她已经跑了一次，没有能力再跑第二次。

沈丘听懂了。

那就是不会有人来接王钰。那他先看看吧。

很多时候，事先已经把风险规避了，但事到临头还会出现各种各样的岔子，弄得措手不及。

所以，那他就等等看，不知道命运这艘船会把他们带到哪一个渡口。

无论是哪个渡口，他都愿意等等看。反正他的心也荒凉了这么多年，不差这点时间。

快到住所了，王钰说："就放在这边吧，走过去很近的。"

沈丘说："来都来了，也不差这点路，我直接把你送到楼下好了。"

王钰赶紧拒绝："车子开不到的。"

她住的小区又老又破，夹在几个新建小区的中间，是这个繁华城市背面的幽暗角落。

其实，这些年王钰没有买房子，而是和天南地北来的人群租，十几个人挤在一个屋檐下，过着拮据的生活。

但沈丘不知道，真以为她纯粹在推辞。

这一带新建的小区房价高，环境好，都有地下停车场，有个别小区还是按一户两车位来设计的，根本不存在车子开不到楼下的可能性。

于是，沈丘笑笑："认个门吧。其实我真想看看到底是谁，那么有福气能把你娶回家。"

他模模糊糊记得那人是王钰当时的同事，好像是设计师。

沈丘是嫉妒的，即便过去了很多年，在心底也是发了疯一样嫉妒。

对方在很短的时间内，轻易就把他谈了那么久的王钰撬走了。

这对一个男人来说，可谓是奇耻大辱了，简直是对他这个人的完全否定。

王钰是他用情最深最真最纯的初恋啊，结果就像氢气球一样，轻飘飘地飞走了，最后消失在空中，一点痕迹也没留下。

现在呢，沈丘很想以成功人士的姿态站在对方面前，最好能打听到人在哪个公司上班。然后就顺手把这个公司买下来，当他的上司，把他捏在手心里好好磋磨一番。

这夺爱之恨，他总是要出的。

沈丘不舍得去怪王钰，就把所有的怒气砸在那个男人的身上，都是那个男人的错！

王钰正了正神色，说："沈总，当初是我对不住你。我对你说句对不起！现在我们也都有了新的生活。就往前看吧。"

过去的事情再怎么纠结也是过去了，她能握得住当下就已经很吃力了，没钱没闲也没有力气再去和从前的人和事纠缠。

沈丘不满意。

王钰道个歉，就想事情翻篇么？哪有这么简单的事情。

他都困扰了那么多年！就像困兽走不出心牢。他难道不想往前看吗？一次次的尝试，沈丘以为自己能走得出去，可是走着走着就被弹回来，仿佛前面有一堵透明的墙，一直阻挡着他走出去的脚步。

就是做不到，他该怎么办？没办法，他真的是一点办法都没有。

其实，她就是他的命啊！

没了王钰，他的心就没有了，就是行尸走肉。

她太低估了他的情。

不过，沈丘已经不是毛头小伙，不会质问。刚刚才重新遇上，他要慢慢来，不然人又跑了，他该上哪儿再去找？

沈丘温和了口气："王钰，这都过去多久了？天太晚了，把你安全地送到，我才放心啊！"

王钰说："沈总，你太客气了。我都多大的人了，这条路早走惯了，不会有事。"她松了一口气，但又有些许的失落。

王钰盼着沈丘能放下，但又盼着他不放下。这种纠结徘徊的感觉，用文字是说不清楚的。她就像身处在雾气弥漫的十字路口，往哪个方向走都是有理由的，但是往任何一个方向走也都会有遗憾。

沈丘什么都不知道。

哦，也不能这么说，只是他知道得不够多罢了。

沈丘知道的只是小部分的真相。部分的事实单独被摘出来，就不是完整的事实。

他看到的一切，只是王钰愿意让他看见的。他不知道的事情就像藏在海水里的冰山，大到他无法想象。

这么多年，有无数个瞬间，王钰撑不下去了，想过去找他。通讯录里那么多共同好友的电话，随便找一个，就能找到。但她思来想去，还是没有付诸行动。

种什么因，结什么果。沈丘无辜，她也有苦衷，更何况牵扯到了最无辜的儿子。

狗血的生活就像一团揉在一起的线，越去整理就越是乱。

那就不要理了。

至少现在沈丘没有卷入其中，有幸福的可能。现在的沈丘值得拥有更好的女孩子。

王钰轻轻地舔了一下嘴唇，把所有想说的委屈吞下去，平静地笑起来："现在路灯蛮亮的，小区里也有监控，安全。"

沈丘没再坚持，说："行。我在前面的公交站牌停下来。我单身，你明天上午哪个点给我送花都可以。就给我家送，一天一束花。地址我明早发你。"

起码之后的很长一段时间，他都有理由和王钰见面了。

王钰下了车："好。明天上午需要几点到呢？我一定准时把花送到。"

沈丘说："八点半吧。"

全公司他最大，上班时间很自由。这个时间应该不至于让王钰太赶。

王钰说："好。"

在公交车牌这儿，沈丘终于停下车："那好，明天见。"

王钰客气告别："沈总，再见。"

她赶紧溜下车，就往前走。

沈丘目测了一下，正好这条道路两边有停车位，可以停车，果断地以最快速度把车停了，然后朝着王钰离开的那个方向找过去。

前后不过一分钟，但王钰步子快，已经走到一百米开外。沈丘就保持这个距离，悄悄地跟着。

他没打算做什么，就是想跟过去看看她到底住在哪儿，也真想看看抢走王钰的那个男人。

王钰没有察觉，径直往前走，她没有走进距离这最近的一个新小区，而是拐上了一条梧桐道，又转了两个弯，走进连车都开不进的小巷弄里。

小巷弯弯曲曲的，像一条蜈蚣一样落魄地趴在那儿。两旁是低矮的房子，大多两三层，一看就是城中村，破旧不堪。路灯倒是新安装的，发出白色的冷光，和周围的环境格格不入。

王钰怎么住在这种地方！

沈丘心里充满了疑惑。

他看她又往里拐进了更窄的小巷子里，赶紧跟过去，再一看里头是很破的小区，没有门卫，但有个新的监控正对着大门位置。

三栋六层的老房子品字形挨在一起。楼间距很窄，路上歪七扭八地停着许多电瓶车、自行车。

房子很有年头了，外墙不光滑，里面掺和了碎小的石子。

每栋房子都有四个楼道口，沈丘跟得不够紧，没看见王钰到底进了哪个。

嘈杂声从老房子里传出来，稀里哗啦噼里啪啦的，里头还夹杂着小孩哭声。

王钰嫁的人不是条件还可以吗？就住这种地方？

好像有些事情跟他之前认为的不太一样。

王钰一门心思回家，没有注意到自己的身后多了个尾巴。

不是上下班高峰期，即便沈丘开车绕了道，王钰到的时间也比她搭车要早些。她急匆匆地赶回到家里，就看见儿子王乐乐正在厨房洗青菜。锅里水烧开了，他把面条和青菜放进去。

有其他家的妈妈也在厨房忙碌，说：“王钰，你这儿子真孝顺，必有后福。”

王钰笑着走过去：“都有后福的。你家孩子也很懂事。”

这套房子里，他们母子俩租的就是一个小房间。其余三间房，一间一家，都住满了人。卫生间和厨房是共用的。整个屋子堆满了物品。

虽然居住环境很差，但一看到王乐乐，王钰就觉得整个世界都有了光。

王乐乐看起来很健康，兴高采烈地说："妈妈，我煮面条给你吃！"

王钰顿时觉得一天的疲倦都消失了。她从早上出门起就没有吃饭，这会儿才觉得饿了，说："好啊！"

她就着榨菜，高高兴兴地吃了碗青菜面。

王乐乐说着学校里的见闻："妈，今天老师让我们写作文，寒假里最快乐的一件事，我写了四百字呢！"

王钰笑眯眯地问："你写了什么呀？"

王乐乐兴奋地说："去南江动物园看熊猫！妈妈，那儿的卡丁车真好玩。我们什么时候可以再去玩呀？我还想吃那里的薯条和鸡块，真好吃！"

他说完，脸上就犹豫了，说："妈妈，是不是要花很多钱呀！我们可以暑假再去。"

王乐乐懂事早，明白生活的不易，即便心里很想，也不会让妈妈为难。

王钰有些心酸，还是她挣得太少了，连两三百块的事都会犹豫，孩子这点心愿都不能立即答应下来。

她笑着说："好。等春天来了，我们去。"

王乐乐很高兴："好啊！"

王钰摸了摸他的脑袋。

王乐乐能有现在这个样子就已经很让她欣慰了。

王钰拼尽全力，总算是留住了她想要留住的人。

对她来说，能够和儿子在一起就很满足了。其余的，王钰也不想去多想了。

王钰按照地址，把花束送到的时候，沈丘正坐在客厅的沙发上等着。

窗帘拉开，他的侧面是巨大的落地玻璃窗。阳光照了进来，和煦温暖。

巨大的音箱里正播放着音乐，是港风怀旧的曲子，音量不大，恰到好处地点缀了氛围。

王钰尽可能地装得很自然："沈总，这是花束。请问放在哪里呢？"

入目所及都透着豪华，她觉得自己手里的花束配不上沈丘的家，就像她这个人一样，浑身都是穷酸味，不适合踩在这贵气的实木地板上。

他们之间差距实在太大，如果说她在深渊底部，那么他就在高山之巅。

沈丘大概就是因为当年的旧事一直耿耿于怀，想要找回一些当时失去的东西，才对她态度友善吧。

其实，失去的就是永远失去了。

果然，沈丘和气地说："放在桌上就可以了。吃过饭没有？我让阿姨多做了一份早餐。"

王钰说："吃过了。我一会儿去工作。"

王乐乐需要人在身边，王钰没办法上正常的班，就四处找活儿干。她送过外卖，在工地搬过砖，在饭店洗过碗，干过钟点工，糊过纸盒子，只要能日结工资，她都不嫌累也不嫌少。最近，趁着马上要情人节，她在卖玫瑰花。

沈丘说："继续去卖花？"他的神色有些复杂。

住在那种地方，王钰日子肯定不好。为什么不向他开口求助呢？只要开口，他肯定会去帮的。

真的。

沈丘现在终于不缺钱了。

王钰轻描淡写地说："嗯。最近玫瑰花的行情好。我多跑跑，收入还可以。"

她对艰辛的日常根本不提，也并不觉得委屈。

这年头，谁不是被命运折腾得够呛，然后咬牙挺住，抹黑起早负重前行？

沈丘都快不认识王钰了。

记忆中，她是一个很娇气的姑娘，连早上八点去图书馆看书都起不来，得要他买好早饭、占好座。可现在，她明明过得不算好，依然很坚强去面对。这些年，王钰究竟经历了什么？

沈丘起身倒了一杯温开水，递了过来："至少喝杯温开水吧。"

王钰舔了舔干裂的嘴唇，笑着说："谢谢！"

她还是很见外的样子，警惕得像一只受惊过度的兔子，一有风吹草动就跑得老远。

然后，王钰再度告别："沈总，你忙。我先走了。"

沈丘说："我送你吧。我今天也没什么事。"

他特意空出上午的时间。

王钰定定地看着他："沈丘，真没必要这样子。我们还是说清楚比较好。当时是我对不住你，就是想要更好的生活。正好对方也很合适，所以就结了婚，现在儿子都已经这么大了。"

她在来的路上都已经想好了，沈丘的这笔生意，她不能做。

有些事情真的不知道后果会是什么样子，那么从一开始就要断了念想。

她已经过了三十岁，知道自己要什么。

生活好不容易步入了正轨，摆脱了糟糕的境遇，她没必要把安安稳稳的日子弄得又乱了。王钰已经不想再遇到突发的事情了，日子平静平安平和就已经是莫大的幸运。

于是，王钰从包里掏出一沓钱，慢慢地放到了茶几上："沈总，我明天不能给你送花了。"

沈丘出乎意料，说："没必要这样吧。"

王钰抬头，他正好站在阳光里，整个人披着一层黄晕。

带着旧光阴的味道而来，沈丘的身上混合着青春的余光，但这光是薄如蝉翼的，伸出一根手指就能捅破了，露出里头现实的狰狞底子。

是啊，真的很怀念。

年轻嘛，有很多个选择，有无限的可能。

多想回到那个时候啊，但回不去了。现实就是现实。经历了这么多事情后，王钰觉得再激烈的情感都没有生活安定重要。

她更想把握住眼前一些能够握在手心里的东西。

到底人不可能一直在感情的漩涡里跌宕起伏，这种情绪的起伏实在让人受不了。王钰年纪大了，不想被刺激得太过。

于是，她说："有必要的。我还是先讲清楚比较好。沈丘，是我的错。道歉确实不能弥补当时我对你的伤害。我从没有奢望得到你的原谅，所以选择从你的世界消失。你现在很好，以后会越来越好的。就让我们继续维持之前的状态吧。"

王钰说完后，平静地看着沈丘。

是的，乍一见到，她确实是有很多的想法，但是也只会停留在想法这个层次而已，不会付诸行动。

深情如海，但也抵不过柴米油盐的打磨。

人总是要接地气的，哪能一直活在青春的空中楼阁里。

背景音乐里正播放着《鬼迷心窍》，有几句歌词钻入了她的耳朵里。

也许，会忘不了吧。她也没想去忘。好不好，都是经历。

大概每个人的人生，都是一本绝佳的小说吧。而沈丘的这个篇章早就完结，没有必要重新再写一遍。

情人节的酒吧一条街张灯结彩，热闹极了。大都市里寂寞的男女在酒的刺激下，在夜色里纠缠。

王钰一直在附近。她的玫瑰花束卖得不错，熬到了深夜，卖花的人就剩下她一个，而她手里也就剩最后一束花了。

然后，王钰就看见沈丘从旁边走出来："最后一束花，我买了。"

深夜的风很寒冷，沈丘的脸上微红，显然是站了很久。

王钰错愕之后，半低下头，目光闪烁，说："沈丘，你这是何必呢？"

沈丘其实心如明镜。

确实是，何必呢？

以沈丘现在的条件，年轻貌美的女孩成群结队地捧着一颗真心排着队。可他倒好，不知道哪根筋搭错，跟个毛头小伙子一样，大晚上跑到这里来等着。

其实那天，王钰已经把话说得很透亮，他们之间没必要再纠缠下去了。但沈丘还是不由自主地过来等她了，似乎远远地看得到她，哪怕是一眼，心里就有说不出来的感受。

这是一种很奇怪的感受，隐秘的甜蜜，困顿的纠结，些许的怅然……无数的感受纵横交错，织成了一张心网，把他罩在其中。

沈丘已经很多年都没有这样了，他的情绪就像白浪叠起的海水，不断地潮起潮落。

下弦月终于爬了出来，从云层里漏下清冷的疏光。

王钰轻轻地叹了一口气。

这一刻，她承认动摇了。无论是为了什么，沈丘心里真有她。

现在的感情如薄云，像纸片，都是轻飘飘的，随风而来，又随风而散。沈丘能有这个姿态，就已经很难得了。

要是王钰现在点个头，有沈丘帮衬着，她和王乐乐的日子肯定会好很多；但她过不了心里的关。

到底是她的错。

这人呢，真是不能犯错，总是有痕迹，即便日后内疚也弥补不过来，只能怀着悔恨的心思，自己吞下后果。

现在的局面是她咎由自取，所以她没有怨任何人，再艰难，也硬着头皮去面对。

于是，王钰说："沈总，这是最后一束花，我给你打折，二十八。"

沈丘扫码付了这个数："王钰，你怎么一个人送孩子上学？你们关系一般吗？"

王钰被问得一愣，继而镇定下来："孩子爸爸很忙。"

她并不想把自己的伤疤揭开给人看。

沈丘说："是吗？"

付够了钱，就两天工夫，调查公司已经把王钰的近况翻了个底朝天。

原来王钰早已经离婚了，和儿子王乐乐在外租房。

得知这个消息，沈丘松了一口气。

既然他们两个人都是单身，那他就可以光明正大去追了。

沈丘对自己充满了信心。现在的他要什么有什么，加上之前有感情基础，他再去花心思，王钰没道理拒绝。

错过了一次，他不会让自己再错过第二次。

沈丘说："太晚了，地铁都停运了。你一个人回去不安全，还是我送你回去吧。"

王钰说："没事啊，我在附近找个地方待一下，明早回去就好。"

很多便利店是全天营业，她去最近的一家坐一下。反正现在距离最早的一班地铁也就三个多小时了。

沈丘很心疼："太辛苦了！"

王钰微笑："不苦的。生活本就如此。"

又不是刚上大学那会，有不切实际的幻想。这世上哪有那么多幸运儿呢？大部分人都是用尽力气去谋生。

只要再不遇到沟沟坎坎，能比之前稍微好一点就已经让她满意了。

王钰不需要同情。

已经过了遇到点事儿就到处倾诉的年龄，她会把所有的负面情绪默默咽下，然后尽可能平和地笑着。

沈丘说："我送你回家吧。不费劲儿。你也可以多一点儿时间陪孩子。"

他猜到王钰会拒绝，就说："你别拒绝。真就是顺手的事，换你别的朋友主动帮忙，我想你不会有那么大的反应吧。为什么到我这儿就不行了呢?"

王钰在心里苦笑。

当然不行。既然分了，那就分得干干净净彻彻底底，不要再有继续的可能。都没结果了，干吗还要开始呢? 沈丘没必要以婚姻为代价来争取她。

而她即便是再找，也要找条件和她相当的，这样婚姻会稳定。而且她还要照顾王乐乐的感受。

爱是流动的，这一刻爱得深沉如海，下一刻也许就淡如尘烟，然后走着走着，就散场了。

倒不是说爱没有真实存在过，是存在过。但存在的时间实在是太短了。

她很害怕。

现在的沈丘很有魅力，接触的时间长了，她肯定会陷进去。

王钰怕自己会上头。她心里有数，她现在的样子已经远远配不上他了。

两个人都在变。

如果不能一起变好，没有婚姻的法律约束，她最终被他放弃也在情理之中。

实际上，法律也未必能保障得了感情。只要一方诚心想离，又愿意付出代价，最终还是能够脱身。这点，她有切肤之痛。

已经伤过一次了，就不想再被伤第二次。

地老天荒只能在小说里去找。

于是，王钰说："沈丘，你很好的。谢谢你! 但我不值得。你真的值得拥有更好的人。"

沈丘的示好，她心知肚明。但正是因为知道，所以她才不想含含糊糊混下去。

王钰从一开始就给了他明确答复，免得浪费对方的时间。

沈丘笑了："如果我说你就是最好的人呢？"

说不出来她哪里好，但隔了那么久的时光再一次相见，爱意如潮水，疯狂地涌动。念头根本抑制不住，更何况他不用抑制，也不想抑制。

爱了就是爱了。他愿意努力，向着她奔去。

更何况，他们现在身边都没有别的人，不存在道德的桎梏，为什么不试着处一处呢？

沈丘很确定，他的人生若是没有了王钰，是不可能真真正正地欢喜。

沈丘说："外头太冷，我送你回去吧。"他朝王钰伸出了手："至少给我一个机会，也给我们一个机会。"

王钰说："没必要啊！我条件很不好的，你在我身上得不到什么的。"

沈丘扬眉，笑着说："你啊！我一直很爱你。有你，我才会开心。"他顺势握住了王钰的手。

那一瞬间，喜悦弥漫了沈丘的心间。

是的，他曾经为她的离开愤怒、悲伤、难过，也很想厌恶她，甚至在很长一段时间里，都在回避跟她有关的一切。

但现在只要王钰肯回头，他的世界瞬间就开满了火烈红艳的玫瑰花。这真是没有道理可讲。

可事实就是这个样子。

他自己都不知道自己爱王钰哪一点，但他就是爱。爱得彻头彻尾，爱得为她放弃所有的原则，不断地修改底线，只要她愿意留在他的身边。

下一秒，沈丘就开始心疼了。

王钰的手粗糙了许多，还生了老茧。这些年她到底怎么过的啊！

要是有他照顾，王钰肯定不会是现在这样！这是他捧在手心里珍惜的人啊！

他绝对会竭尽所能让她过上好日子。

而且现在他已经有了底气去照顾她。

王钰心如乱麻，有很多话堵在心口。她很想说些什么，但也不知道说些什么，就怔怔地看着他。

眼前的人真的爱她吗？

还是因为当初的不甘，用所谓的爱来编织一个巨大的谎言，等她沉溺其中，就迅速抽离，再让她去尝一尝，她当时对他造成的伤害？

都这个岁数了，王钰不敢再犯错。如果点头，那么她赌上的不只是爱情，而是往后的余生。

王钰仿佛身在一个巨大的迷宫里，到处都是岔道，真不知道往哪个方向走。

王钰轻轻地说："谢谢。"

谁能算得准以后的事情呢？王钰动摇了，她的语气已经不像见到他那天时那么坚决。

实际上，她一直是语气的斩钉截铁和内心的犹豫不决。

选择太难，真不知道结局是悲，还是喜。

其实，王钰害怕的并不是和沈丘继续，而是怕和他继续了没有结果。

她是很想要结果的。

在不知道怎么办的时候，王钰打算把步子放得慢一点，再看看。

她把自己的手从沈丘的手里慢慢抽了出来："你……在这里等了多久？"

沈丘说："从你来到这里开始吧。"

他等的时间是很长，但只要等得到她，就很值得。

沈丘的笑容更温柔了："昨天是情人节啊！"

满街都弥漫着爱心泡泡。

王钰"嗯"了一声算是回应。连她自己都没有察觉，她的这声回应里有些许的娇羞。

这一刻，沈丘的样子和她记忆里的模样奇异地重叠，仿佛中间从来没有缺失任何的时光。他依然还是那个满心满眼都是她的大男孩。

她的人生绕了一个大弯。在她以为自己注定孤独终老的时候，又遇见了最初的那个人。

虽然不知道沈丘的真心还剩下多少，但至少这一刻，他是真的在用心。

王钰的心顿时如春水，被温柔的风吹起了涟漪。

哒哒哒的高跟鞋响自远而近，伴随着一把温柔的女声突兀响起。

"沈总，还真是你啊！"

余嘉摇晃着婀娜的身姿翩然而来，妩媚的目光都要黏到沈丘的身上了。

她这两天搭上的多金男接了家里的一个电话，就把她撂下，实在是让她严重怀疑自己的魅力，心情很不爽。

她正掏出手机，翻着通讯录，盘算着要捞出哪条鱼来救场，一抬头，远远地就瞧见了沈丘。

余嘉欣喜。

她正不知到哪里去找沈丘呢，没想到，抬头就遇见了他。

当然，余嘉是看见了王钰，但一个打扮土气的卖花老板娘，在她眼里就是一团空气，根本不值得她分心去打量。

她喝了不少酒，步子晃动，身姿一扭一扭，更显得袅娜。

在路灯白色的光里，余嘉年轻的脸上盛开着桃花，声音又娇又俏："沈总，你上次还说人家是你的小星星呢！不如你今晚来摘星呀！"

说着，她解开了大衣的扣子，上身往前一挺，身体颤抖了一下，露出打底的大领口黑色蕾丝紧身裙，像一只前凸后翘的美人鱼。

王钰呆了几秒钟，突然从青春的幻境里醒过来。

都那么多年了，沈丘怎么可能还是当初那个纯情大男孩呢？

她是在酒吧门口遇到他的啊！

一个男人，有钱有颜，来酒吧还能来干什么？

估计他早已阅人无数了吧！

很可笑的是，王钰居然还相信了他是真心的。

呵呵，他都出来玩了，还能有多少真心？

王钰认出了来人，正是上次跟沈丘在一起的那个女孩子，情绪顿时上头了。

她嘴唇微微颤抖，继而缓缓地笑出来："老板，这是你买的花束。"

沈丘很尴尬，立即撇清关系："我不认识你。"

开什么玩笑！正主都回来了。他忙着复合呢，没空去玩无聊的男女游戏。

余嘉纳闷，立即往沈丘身上挂过去："沈总，你前几天不是说你最爱我吗？你坏透了！你是在故意跟我开玩笑吗？人家会伤心的。"她的声音娇滴滴的，能够掐得出水来。

买玫瑰花，估计沈丘是要送什么人。余嘉对自己容貌很有信心，不介意主动去截和。到底像沈丘这等金龟婿，放在哪里都是争抢的。就算他们只能好一段时间，能捞点钱，她也不吃亏。

沈丘不是什么正人君子。她也是玩得开的，主动求欢，他没道理拒人于千里之外。

偏偏沈丘赶紧躲开，顺手拉着卖花的老板娘："我不认识她。我们走。"

余嘉疑惑的目光飘过卖花老板娘递过去的那束玫瑰花，继而落在沈丘抓住对方的手上，酒醒了大半。

她没看错吧！沈丘居然对一个三十多岁的庸俗老板娘感兴趣？

沈丘紧张兮兮地对王钰说："真不认识。就上次喝过一次酒。我们先走。"

王钰笑着说："老板，这是你的事啊！"

她早就料到的，不是吗？庆幸自己没有陷进情感漩涡，现在抽身来得及。

她伸出另外一只手，一点点地掰开沈丘握着的手："别这样。留点余地。"

生活已经是一地鸡毛。王钰宁可自己的感情世界一片空白，也不想变得混乱不堪。都这个岁数了，有些事情看得懂，就不需要说得那么清楚。

沈丘才不放手，生怕这次放开了，就再也找不回来了。他看着余嘉的目光里明晃晃压着厌恶的火气："别乱攀。"

转头，沈丘换了笑脸，对着王钰轻言细语地哄着："我送你回去吧！我们这就走。"

余嘉的酒彻底醒了："沈总，你就喜欢这？"

她仔细瞄了两眼，卖花老板娘五官还行，但年纪摆在那儿，根本和她没得比啊！

沈丘握着王钰的手，紧紧地抓着她，看她的眼神温柔而专注："王钰，我送你吧。"对于余嘉，他连多余的眼风都懒得扫过去。

王钰挣扎："没必要的。"

沈丘笑着说："怎么没有必要？你一个女孩子，夜里自己回去多危险啊！"

王钰很无奈："我之前就这样，一点不危险。"

沈丘认真地说："之前是我不知道。如果我知道，一定不会让你有这样的风险。我会竭尽所能地照顾好你的。"

王钰拒绝："真不用，我一个人能照顾好自己。"

沈丘继续好言好语地哄着："我知道你能照顾好自己，但我希望你能允许我来照顾你啊！"

两个人就这样你看着我，我看着你，自顾自地聊起来，真把站在一边的余嘉给忘了。

而余嘉看着这两个人之间连根针都钻不进去，故作生疏的互动里透着熟稔，牙都要酸掉了。

王钰综合评分不占优，只能是沈丘的真爱了。

真爱，遇上了就是遇上了，看对了眼，没个缘由的。

得了。

沈丘另有真爱，她倒是想玩一票拿钱走人，人家压根儿不跟她玩。

余嘉更没耐性精心布局，用自己有限的青春去赌一个很不确定的未来。要嫁人，总是要选个一段时间内胜算大的。她得趁着还没人老珠黄，赶紧搞定自己的终身大事，这个不行，就分分钟换个人，没必要把时间耗费在无望的等待上。干她们这行的，谁还没几个相熟的客人？余嘉的鱼塘里可不止沈丘这一条扑腾的鱼。

于是，她一扭身，就闪了。

另一边的两个人没在意到她的离开，还在拉扯。

王钰实在挣脱不开："沈丘，你弄疼我了！"

听到这句话，他手上的力道轻了许多，呼出的气息急促了几分，声音不由自主地更温柔了："我会轻一点，钰钰，别拒绝我，好吗？"

王钰的脸烫了起来，气息不稳。她定了定神，别过如火烧云般红的脸："真没必要这个样子。都过去了啊！"

回忆是很甜，但都是过去式，他们不能饮鸩止渴。

沈丘笑着说："有必要这个样子。钰钰，怎么会都过去呢？你再给我一个机会让我来好好照顾你，好不好？我们有现在，以后还会有未来。"

不等王钰回应，他手上一拉，直接将人拥入怀中，紧紧抱住："钰钰，我爱你。很多年前我就想问你了，你嫁给我好不好？如果你愿意，我们今天就可以结婚。"

沈丘的怀抱很暖，将料峭的寒风全部挡在外头。

王钰的脑子都迷糊了，一瞬之间根本想不到拒绝。

有了沈丘当依靠，对王钰自己来说，接下来的生活会容易许多的。原本他们就是一对恋人，她当年放弃沈丘，也不是因为不爱。现在，她从情感上接受沈丘，没有障碍，甚至内心还隐隐有期待。

许多念头如走马灯一样晃过，王钰心里慌慌张张的。要不要她不管控自己的情感，和沈丘就这样顺其自然走下去呢？

但很快，她清醒了过来。

儿子怎么办？前夫给她看过亲子鉴定报告，王乐乐就是他和前夫的儿子，这击碎了她最后的幻想。

没人愿意替别人养儿子，更何况王乐乐的身体状况，比别的小孩要花更多的精力和金钱。

沈丘不缺钱，在经济上好些，但是爱屋及乌也有个限度。他在陪伴王乐乐成长上，肯定不乐意付出太多。

前夫作为亲生父亲尚且做不好，离婚后甚至连抚养费都一毛不拔。她不能要求沈丘做好，不然对沈丘不公平。

她是爱儿子的。把沈丘放在和王乐乐一起衡量，她会更倾向儿子。

毕竟，沈丘现在的条件太好，可以有很多个选择，但王乐乐只有她了。

于是，王钰说："沈丘。我已经有儿子了。"

沈丘说："没关系，我养得起。你现在是一个人吧，我也是。你不用害怕没有结果。我们现在就去家里拿户口本，今天一早等民政局开门就能去领结婚证。"他态度很诚恳。

沈丘真愿意和她结婚。他什么都不缺，就缺王钰的爱。

这是他一直想要的，盼了很多年，到现在还没有得到。

王钰感动了，真想彻底恋爱脑一回，不需要考虑太多事，可她不能。

儿子是她的责任，王钰愿意全心全意照顾儿子，做不到一颗心完全扑在沈丘身上。

与其到时候让他失望，还不如从一开始就划清界限。她已经伤害过人家了，不能再去伤害。

爱情是雪月风花，但婚姻很接地气。

王钰谈过恋爱，也经历过婚姻，尝过里头的酸甜苦辣。恋爱可以肆无忌惮，纵容内心。可过日子哪有那么多梦幻的七彩泡泡，烟熏火燎的日常里有数不清的琐碎，桩桩件件都要料理得清清楚楚。

而且还有新的事情不断冒出来，算都算不到的意外接踵而至，光维持家庭正常的运转，就已经殚精竭虑了。

是的，钱是可以解决生活中大部分的烦恼。但陪伴呢？

一个人的精力就那么多，工作占了大头，她剩下的那一部分给了王乐乐，就没多少给别的方面了。难道要她放弃工作，跟上次一样全职在家吗？这不可能的。

王钰已经吃过亏上过当，绝对不敢再来一回。

她没有怀疑沈丘的真心。

现在的沈丘想和她结婚，耐心地照顾她是真心实意的。但以后遇到什么事情，他有所变化也是正常的。

男人的真心代表的仅仅是当下的这一刻。王钰体验过这个过程，心里一本账。

总归是不能把自己人生幸福所有的希望寄托在男人的爱上。

王钰要做自己。

有爱情，自然是好的；没有，也不妨碍她热烈地活下去，就像红艳艳的玫瑰花，带着如烈焰般的热情，也带着扎手的小刺。

想明白，她就知道应该怎么拿捏态度了。

王钰沉默了一会儿，抬起头，微微笑着："沈丘，你有这个心，我很感谢的。但是我不愿意跟你结婚。"

她停顿了一下，把自己要说的话在脑子里过了一遍，确定没有问题后，轻轻地说："你很好，可我不爱你。"

沈丘如遭雷劈。他万万没想到王钰居然抖出来这句话，脑子嗡嗡的。

怎么可能？

王钰居然说不爱他！

这怎么可能！

但现实就摆在他的眼前，对上王钰真诚的眼神，由不得沈丘不信。

这个可能性是他一直有意无意忽略掉的，但现在就这样明晃晃地摆到了明面上。

王钰舔了舔嘴唇，压抑住心头的酸楚："沈丘，我后来明白什么是爱了。你很好的，真的很好。我一直觉得你好，但我不爱你。"

沈丘脸色沉了下来："从没爱过？"

王钰低下头："从没。"

这一句的杀伤力巨大，她不仅拒绝了现在的沈丘，还将他们的从前也彻底否定了。

沈丘不死心，追问："为什么？"

为什么她要这么说？是在逼他离开吗？

王钰没有去看他："实话总是很难听的。沈丘，不要再问了，好不好？对不起的话我也说了很多遍了。我不想再说了。其实，对不起你的事情我都做了，早就想过后果，今天的这一切是我愿意去承受的。"

沈丘不愿意信："怎么可能！你现在过得不好！你不是已经离婚了吗？我也一个人，我们之间没有任何阻碍。"

王钰狠下心，背对着他："我跟他有个儿子，也许他看在儿子的面子上，会回到我身边的。一个人带一个孩子确实累点，但我并不觉得难过。我们有复合的希望。你眼里的受苦受累，我甘之如饴。"

她把话都说到这么绝的地步了，应该可以逼走他吧。

王钰心很痛，如万箭穿心。她不敢去看沈丘的脸，真怕自己多看一眼，心又软了下来，然后给了他回应，又继续纠缠在了一起。

过了好一会儿，沈丘问："从前呢，我们从前总是真的吧？"

王钰说："我们是谈过恋爱，但那个时候，我太年轻，贪图你对我好，稀里糊涂就跟你在一起，并不懂得什么是爱，直到有一天我遇到了他。"

她每说一句话，就是对自己心的一次凌迟。真的很不想说，但不拼命地践踏沈丘的真心，就根本逼不走他啊！

沈丘还在挣扎，又说："你可以继续贪图我对你好啊！我现在有实力，可以对你更好！"

王钰说："你是很好，但是你的好，我不想要。沈丘，跟他，我一直很高兴也很愿意。没有缘由的，我就是爱他，一直深爱。"

她可以想象得出来，沈丘这一刻的脸色是多么灰暗。王钰心痛得无法形容。

悲剧结局的种子早已种下，她清楚地知道，他们之间没有结果。

倒不如早放手，早解脱，早一了百了。

王钰等了好一会儿，才缓缓转过身。

不知道在什么时候，沈丘终于放手了，悄然离开。

明明是她自己求来的结果。但真的到眼前的时候，王钰依然是痛彻心扉。

怎么能不痛呢?

明明想要靠近，但凭着那残存的一点理智，王钰亲手把他推走。

虽然这么做是对的，但她还是很难受，她根本就不想他走。

王钰深深地叹了一口气，环顾四周。

凌晨，天没亮。街道上空空荡荡的。浸润到骨子里的寂寞如氤氲的寒雾弥漫开来，是无边无际如暗色般的苍凉。

大部分店都关了门，只有一家便利店还在营业。王钰拖着疲倦的步子，慢慢地走进去。

卖面包牛奶的货架上，只剩下零星的几样东西，都标了打折。她捡了最便宜的一个，付了钱，然后抱着破旧的保温杯，窝在角落里，就着温吞吞的白开水，一小口一小口地啃着面包。

即将过期的面包，干巴巴的，她吃着就像是在啃木屑。

王钰吃了几口，停了下来，转过了头。沈丘站在了她身后，就在一米之外。

王钰错愕，她都把话说得那么绝了，他怎么还会跟过来呢?

沈丘苦笑。

这个社会很现实，他也应该要现实。

他也很想大踏步离开，再也不去搭理这个女人。但他做不到，就是不由自主地跟过来。

沈丘都没办法用正常的思维来解释他的行为了。

大概这就是爱吧。

真的太爱了，爱到每一个细胞里去了，就算嘴上总说要放弃，但只要能找到她，沈丘还是会跑过来。

王钰就是他的小太阳，他是绕着她在跑，转来转去，都转不出圈儿。

王钰一下子没反应过来，怎么可能！她是不是累到极点，眼睛都花了？

她仔仔细细再去看了，真的就是沈丘。他就站在那里，仿佛一直没有远离过。

便利店的灯光很亮，沈丘的目光更亮。在他的瞳孔里，她看到了自己的身影。

王钰的心剧烈地颤动着，狠话说不出口，迟疑地说："沈丘，怎么会是你？"

沈丘"嗯"了一声，说："你连晚饭都没吃吗？再怎么忙，饭要吃的。我们去吃点，我再送你回去。"

刚刚心口被扎了深深的刀，但他还是忍不住去心疼王钰。

真就是爱得毫无理智可言。

以前的那些话已经耗光了王钰所有的决心，她现在没办法做到不留余地的拒绝。

王钰犹犹豫豫地说："好。"

答应的那一瞬间，她突然感到前所未有的舒坦。就像是心上的大石被挪开了，露出底下柔软的水草。

她顾不上以后会遇到什么事儿了，此时此刻只想不顾一切地靠近沈丘，甚至想扑进他怀里，痛痛快快哭一场。

这些年，她带着儿子艰辛地讨生活，身心俱疲，也很想有一个依靠。也许她应该任性一把，和沈丘一起，能走多远就走多远。至于剩下的，那就交给命运吧。

坐到副驾驶的位置上时，王钰的脑子还是稀里糊涂的。

他们算和好了？

明明对他们的未来不抱希望，但王钰的心如春林，在温暖和谐的阳光里葳蕤生光。

王钰长长的睫毛微微颤动，声音又轻又软："沈丘，其实你大可不必这样。我不值得你再多费心思的。"

沈丘停顿了一下，说："值得。钰钰，我就想好好照顾你。"

过了空谈爱的岁数，他终于有能力，可以大大方方拿出实实在在的东西来证明爱。

多余的话，沈丘不想多说，就默默做好了，相信有天王钰会被他打动的。

王钰停顿了一下，低声说："沈丘，我都不知道说什么好了。"

她更不知道怎么做。往前一步，不清楚还有什么等着她；往后一步，她又做不到，整个人的脑子如一大锅糨糊，黏黏糊糊的。

沈丘笑了，说："随便说什么都行。钰钰，等下你要去早餐店工作吗？"

王钰"嗯"了一声，倦意席卷而来。

她靠在椅子上闭目养神。

卖玫瑰是临时加塞的活儿，最近她一天打几份零工。早上五点到早餐店忙到七点半，之后去一户人家做家政阿姨，然后下午去一家酒吧做清扫，忙到饭点，再去另一户人家做饭。

这些工作机会不是每天都有的。有活干的时候，王钰会一天忙到晚，没有片刻清闲。

不过，日子忙些也好。她终日劳碌，就没有时间去胡思乱想。到底，想没有用，还不如什么都不去想。

反正挣到手的钱是真的。

王钰一直很缺钱。把钱握在手上那一刻，她才会有安全感。

过了一会儿，沈丘轻声说："钰钰，你可以不用这么辛苦的。"

王钰连他的钱都不要。沈丘还真希望她能图他钱。她图了，就会留下来。

别的都不说了，先把王钰留下来。她不留下来，又走掉了，他们哪还有什么以后？

沈丘听到了她均匀的呼吸声。

不知道在什么时候，王钰已经累得睡着了。

沈丘看了一眼，王钰巴掌大的脸埋在凌乱长发里，苍白如冷月。她在睡梦中都有心事，眉头皱着，睡得很不安稳。

他把车开得很平稳，缓缓地开进小区，然后把王钰抱上了楼。

她可真轻啊，比当年还要轻，身子软软的，就在他怀里。

沈丘忍不住蹭了蹭她的头发，心中有无限的柔情，就像春风突然地吹满山冈，卷起沁人心脾的花香。

很踏实，很满足。

王钰醒过来，有一瞬间的蒙。

她躺在柔软的被褥里，屋里是异于这个时节的暖和。

周围很安静，窗帘拉着，看不到外头的光线，手机不在身边，她不知道几点了。

王钰慢慢地坐了起来，下意识地摸了一下身上，还是昨天的那身衣服，就是外套跟鞋袜被脱了。

她找回了一些记忆。

这些天太累了，她在沈丘的车上直接睡着了。

她懊恼不已，自己怎么就睡过去了呢！

王钰踢开被子，跳下了床。木质地板踩上去很暖。

她摸到了窗边，然后找到了按钮，按了两下，三层窗帘迅速打开，明亮的阳光直接射了进来，白晃晃的，晃得她眼睛都花了。

对岸高楼一座挨着一座，楼外的墙贴着各种颜色的玻璃，都泛着白花花的光。

近处的江面也波光粼粼，仿佛巨大的长镜被揉碎了，一股脑地丢进了水里头。

王钰这才回过神，这怕是快中午了！她已经睡过两个班了。

她慌慌张张地跑去拧开门，走出房间。这套房子是大平层，王钰目测了一下，大概有三百平方米。她找了一圈，没有找到沈丘，但在客厅的茶几上找到了自己的手机，还有一张字条。

沈丘留言："钰钰，公司有事，实在走不开。你安心休息，工作的地方都给你请假了，也安排了人去替你。"

家政阿姨从厨房里走出来："太太，沈先生吩咐了，晚上回来吃。您要不要洗个热水澡呢？如果要，这就去给您放洗澡水。"

王钰愣了一下："随便吧。"

这里宽敞阔气、窗明几净，和她租的屋子是天壤之别。

王钰都怀疑自己在做梦。她记得沈丘是从山沟沟里考出来的，家里穷得揭不开锅，学费都是靠奖学金。也就这十来年的时间，他怎么变得如此有钱？

过了一会儿，阿姨就过来说："水放好了。"

主卧宽敞的浴室视野很好，透过单向落地玻璃窗，看得见蓝天白云。

窗帘是两层的。阿姨按了一下按钮，里面的白纱窗帘就缓缓合上，遮住了大半的阳光，像是给明媚的光线加了磨砂玻璃遮罩。

浴缸有王钰平日见过的那种浴缸两倍大，功能齐全。这会水温正好，里面飘着玫瑰花瓣。洗浴的瓶瓶罐罐都是新的，摆在旁边的架子上。平板电脑在旁边架着，在播最新的偶像剧。

阿姨笑着说："沈先生特意说了，您喜欢这类电视剧。"

王钰有些恍惚。

其实她已经很久都没有看电视剧了，也早就不喜欢这类梦幻甜腻的片子。太假。

现实生活中哪有那么多甜蜜。她的要求不多，能够平平安安，她就已经很庆幸了。

王钰不喜欢意外，也不喜欢虚幻的甜剧。

故事里的世界和她的现实生活差别实在太大。

王钰说："电视就不看了。"

阿姨便关掉了平板，打开一排柜子，说："您的浴袍都在这里。今早临时买的。沈先生还让人送了很多衣服挂在衣帽间。"

王钰说："谢谢。"

她把整个人埋进温润的水里。冲浪模式下，浴缸里的水如海浪，层层叠叠地抚上了她每一寸的肌肤，像极了此刻她心中缤纷的念头，这一波还没过去，下一波已经到达。

怎么办？

明知道是沈丘拿优渥的条件在诱惑她，但是王钰做不到完全拒绝，她像是用力关上一道门，但没有反锁，沈丘在外转动把手就能把门打开。

这是男女之间心照不宣的默契。在拉拉扯扯之间，距离看似远离，实则在一点点靠近。

她看了一下手机，本地热门视频跳了出来。

这是一档寻亲节目的剪辑，一对农村老夫妇声嘶力竭哭诉，含辛茹苦培养出来的唯一儿子开公司，挣大钱，但不赡养他们。记者找到儿子协商，却被毫不留情地拒绝。

视频里把几个最能煽动情绪的镜头拼接在一起，放大原声，配上卡点的音乐，激起了无数人的共鸣。视频播放量很大，评论区里一边倒地痛斥儿子无情无义。

王钰愣在原地。

虽然打了码，但她还是一眼认出来，这个儿子就是沈丘。

她立即搜到完整视频，开了弹幕，从头到尾看了一遍。

节目里头，大山深处的农村父母辛勤劳作把儿子培养出来，儿子学习很好，一路考到大城市在这里立足，日子蒸蒸日上。父母本不欲打扰，但年老多病，实在需要儿子，可儿子根本不管，恶言相向，甚至还让公司保安把上门寻亲的他们丢出去！

弹幕里面，也是异口同声地指责儿子无情无义。

王钰看得很清楚，真的就是沈丘。

这年头，个人信息在网上都有蛛丝马迹。网友扒皮了他，查出来他的公司、住址等等信息，说要替老夫妇主持公道。

王钰手足冰凉。

一个连自己父母都不管的人，又能良善到哪里去？

也许现在对她好，只是短暂的表演吧。等沈丘得到她后，自然原形毕露。

可是，在她的记忆中，沈丘虽然穷，但人是很好的。

也就十来年的工夫，沈丘怎么完全变成了一个她根本不认识的人呢？那么可怕，没有底线。

王钰没办法去相信他了。

她已经经历过了风雨，只想要平凡的烟火，不想再去面对惊涛骇浪。更何况风浪，还可能是沈丘带给她的。

王钰的心揪成了一团，都不知道自己怎么离开的，手是抖的，脚是软的，整个人浑浑噩噩。

她不敢往深处想，越想就越怕，好在他们之间还没怎么样，随时都能自由离开。

王钰走出小区，转过几条街，这才停下脚步，茫然地往后头看看，她也不知道自己想看到什么，但就是忍不住回过头。

这是市中心繁华地段，马路上车流如织。

街道两边来来往往的人很多，每个人都是急匆匆地往前赶，好像身后有只老虎在撵着他们拼命往前。

王钰站了好一会儿，便慢慢地往前走了。

沈丘是虚假美好的幻境，出租房才是她的踏实生活。又不是少女，这场梦她该醒了。

这个点，王乐乐还在学校。王钰不着急回去。在路边买了一个馒头，她便又去找活儿干。本想去酒吧打扫，但是今天的工作都已经有人去替了，正好群里有一户人家临时要个保洁，她便接了那个临时的活儿下来，赶去家政公司拿了工具，就按照地址赶过去。

这户人家住的是中档小区的单身公寓。她十二点到，一个下午的时间来打扫估计也够了。

很快东家开了门，王钰进了房间。刚和东家打一个照面，她愣了愣，这不是那天在沈丘身边看到的女孩子吗？

对面的余嘉也愣神。这不是沈丘的那位？她都有大佬男人做后盾了，怎么还跑出来做保洁？

王钰笑起来："你好。我是王阿姨，来给您整理房间的。"

余嘉也装着不认识："嗯。谢谢阿姨。打扫得干净点啊！"

王钰笑着说："您放心。我们是专业的。"

她也不多话，动手开始整理。

屋子里很乱，看得出来这是年轻女孩子的房间。许多吃了一半的外卖随意丢在地上，快递的盒子堆满屋子的一角；几条裙子和内衣混在一起，泡在水盆里，也不知放了几天。

王钰低着头，手脚麻利地收拾着。她的手机响了两次，她看了一下号码，是沈丘打过来的，狠狠心，没有接。

没什么好联系的了。

现在的沈丘，她招惹不起，远远避开比较好。至于从前的事，王钰还是想把这些留在回忆中兀自美好。

到底好时光已经过去，再强行找回来，也没有多大的滋味，如同已经吃过一遍的甘蔗，再去咀嚼又有什么味呢？

彻底放手，和自己的内心和解。

余嘉默不作声地看着王钰忙来忙去，实在是看不出来为什么灰头土脸的保洁阿姨能让沈丘这样的优质男动心，最终问出口："沈总怎么会同意让你干这个？"

王钰说："这本来就是我的工作啊！"

余嘉神色复杂，说："有他，你根本没必要做事。你是来体验生活的吗？"

王钰挺直了腰，坦坦荡荡地笑着："这就是我的生活。我和沈总没关系。"

余嘉满腹狐疑，她有眼睛，明明看他们两个那样子，真的是关系匪浅。

她说："我不信。沈总看你的眼神骗不了人。"

王钰笑了："男人很能骗，都是那个样子的。还是得靠自己来。"

她凭自己劳动有口饭吃，日子过得实在。

余嘉很肯定地说："你们谈过？他回头找你了吧。"

王钰没有否认："不作数的。还是现在这样好。"她绝不会用自己残存不多的精力，去赌一个几乎没有可能的未来。

余嘉继续问："为什么不继续？沈总一向大方。"

就算谈不成，有笔钱，不也可以了吗？

沈丘那么有钱，手指头缝里稍微漏一点，就够人生活很长一段时间了。这种不亏本的买卖，要是沈丘同意，换余嘉早就上竿子去了，干吗不做？

王钰只是说："还是现在这样好。"

余嘉顿时觉得她死脑筋。男人也是拿来用的，不是拿来爱的。男人主动送钱来给她花，难道不好吗？

说真的，她在这里打扫卫生累死累活干个半天，也就是三百块，还不够付余嘉一顿下午茶。

于是，余嘉瞅着她看了好一会儿，扑哧一声笑出来："别告诉我，你要爱情。"

这世道，居然还有人真的想要爱情。

有情管得了暖饱？人还是先吃饱穿暖，再去管别的吧。站着要自尊当然一时气顺，但这是暗地里吃无数的苦换来的，明明有捷径可以一劳永逸，干吗要拼死拼活呢？

王钰抬起头，正了神色："不是。就是想要个安生的日子。"

她的眼神无波无痕。不被命运拿捏折腾，王钰就足够了。

王钰的活儿干得漂亮，余嘉的房间又窗明几净了。

今天没有别的活儿，王钰不赶时间，便问："要不要给你做晚饭？"

余嘉不会做饭，一直吃的是外卖，就说："行啊。谢谢。不过，我冰箱里没什么。"

王钰早看了，冰箱空空的，就剩下两个鸡蛋和一个放了很长时间的番茄。柜子里还有半桶面条，她说："我给你做碗面吧。"

余嘉犹豫了一下："我晚上不怎么吃的。我一个人吃不完，我们就一起吃吧。"

她看着王钰虽然觉得别扭，但没有恶意，到底她和沈丘没纠葛。她说："我叫余嘉，余下的余，嘉年华的嘉。王阿姨，你全名是什么？"

王钰说："我叫王钰，三横王，钰是金字旁加个玉佩那个玉。"

余嘉修改了电话号码备注，然后又搜索一下，加了王钰的微信："钰姐姐，你通过一下，我加你微信了。我这需要定期打扫，到时候会麻烦你。"

王钰立即点了通过，说："谢谢！"

空调开着，室温舒适，余嘉穿着一套性感的真丝睡衣，松松地系着腰带，慵懒地埋在沙发里："我要是你啊，就去找沈总了。能有人养你，干吗不愉快接受？"

王钰笑了笑："跪下来久了，就站不起来了。"

男人的一句"我养你"，哄得多少女人上了头，真的放弃了自己的成长，回到了家里洗手作羹汤。其实，大多数时候，男人那句话的意思就是，他赏脸给口饭吃，女人要干好家务，带好孩子，打零工挣点钱，还不能多花，否则就是白吃白喝的败家娘们。

王钰信过一次男人的良心，输个底朝天，现在哪里还敢放弃自己？

余嘉说："可是你做这个，也没什么保障啊？"

王钰笑着说："多做几家挣得不少的。"

她算过的，找个公司打工，工作时间长顾不上儿子，拿的工资也就那样，还不如到处打零工。几年下来，她咬咬牙，把那么多医药费掏了出来，还攒了一点钱傍身。

这是她存活于世的根基。

余嘉说："我觉得你五官挺不错的，干粗活多了，人就粗糙了。不可惜吗？"

王钰说："可惜啊！但没办法。"反正也不可能永远年轻，她就顺其自然吧。

余嘉瞧一瞧她的脸色，说："你真淡定。我这两年都觉得自己老了，总遇到更年轻漂亮的女孩子。"

岁月弹指间，仿佛就是眨眼的工夫，她已经不是十八岁的姑娘了。但是十八岁的姑娘一波波不断地冒出来。

看着酒吧里新出现的一张张青春娇嫩的脸，余嘉心里都要呕出血来，即便使出浑身解数，但还是眼睁睁看着自己的鱼塘里的大鱼不断流到人家那边去了。

那些男人啊，都喜欢新鲜的！

王钰说："总有人年轻啊！过好自己的日子就可以了。"

她犹豫了一下，她和余嘉不算熟悉，太深的话也不好多说。

王钰只是说："还是得找能干得久的活儿来做的。"

余嘉一手叉腰，一手撩了一下头发，说："别的活儿，我也做不来啊！"

她知道自己已经走下坡路了，再过几年吃不上这碗饭，也想过以后的出路，但想来想去，也想不出个法子来。她消费的水准上去了，再降下来就难了。钱少的工作，她看不上了，但钱多的工作，她又没本事干。也跟风干过主播，但没推手，反响平平；真要她去往下沉沦，她又不愿意，到底她还有那么点底线在。

于是，余嘉就上不上去，下不来，悬在了半空里，一颗心七上八下的，很是焦虑。

王钰犹豫了一下："其实，我们这行也能挣钱，但估计你不会来做。"

不是所有人能放下身段的。之前，王钰也纠结过，觉得自己读了那么久的书，考了那么好的大学，最后竟然沦落到打扫卫生，仿佛那些年的书都白读了。但后来生活所迫，王钰就义无反顾地干了。

说话间，王钰已经麻溜地做好了两份番茄鸡蛋面。

余嘉捧着碗，吃面喝汤，顿时觉得整个人都暖和起来："真好吃。"

王钰吃面速度很快："那就好。"

女人之间的竞争没意思，白白便宜了那帮油腻的男人，惯得他们以为有两个钱就能为所欲为。女人还是要帮衬着女人。

王钰说："作息规律，不熬夜，少酗酒，多吃自己做的，皮肤状态会好很多。"

这阵子，王钰的状态其实还算是好些的，之前她有两年要照顾儿子，整晚整晚没有觉睡，那皮肤就糟糕透顶。

余嘉当然知道。可她那份工作压根儿不允许她早睡早起，说："这不是没办法吗？"

一个人一个活法，各有各的掣肘。

王钰能理解："多顾着自己吧。"

余嘉换了个话题："钰姐姐面条做得真好。干吗不开个小面馆？到时候肯定生意兴隆。"

王钰想了想："不是没想过，但我本金没多少，如果租个地点偏的，开店就没什么意思。这种小本生意走量，需要市口好的，还需要自己的特色。况且现在搞餐饮，不确定的事太多。好多顾客都要求送餐，人工成本也高。我先这样，再攒点本金再说。"

零工打不了一辈子，也不想打一辈子。

王钰早盘算过，找个合适的机会，开个小花店或者小吃店。

等王乐乐再大点，身体稳定下来，她就要干自己的事业。哪怕那份事业只是小打小闹，但足以让她更加自信地站在这个世上。

最初，王钰为了男人所谓的爱昏头昏脑过，弄丢过自己；之后几年她又必须咬牙承担起责任，围着儿子转；但以后，她要腾出更多的时间给自己。

这是她对人生价值的交代。

余嘉笑着说："这倒也是。反正你要开，跟我说声，我带几个姐妹去捧个场。"

王钰笑着说："欢迎欢迎！一定来呀！"她很努力向上，哪怕只要有一丝的可能性，都不想放弃。她总有一天会奋斗出来。

余嘉斜斜地瞧她一眼，笑了："你迟早要去开个小店的。"她停顿了一下，"你花束扎得挺好。是专门去学的吗？"

王钰说："网上找来教程，跟着学。我去鲜花市场批点花，自己扎好，比买现成的成本低多了。我有阵子想去开花店，但成本太高了。"

余嘉想了想："我之前在花店里打过一年的工。"

她想过将来去开花店，在装修温馨的小店里，被美丽的鲜花团团簇拥着，想想画面就很曼妙。

但余嘉做过这行，就知道不能光看表现，得看到里面的苦。不说别的，开店容易守店难，她一想到以后要起早贪黑地守着店，很少有时间去吃喝玩乐就打退堂鼓了。

到底余嘉现在的收入很可观，还没有到山穷水尽的地步。虽然焦躁，但她还没必要此刻就改行。所以她可以再看一看。

王钰说："这行变化也大。就怕遇到鲜花没办法卖的时候。"

有时候，做生意真得讲运气。进了花来，突然没办法卖了，那就只能眼睁睁看花烂在店里，投进去的钱打了水漂。

余嘉点头："是啊。"

王钰想了想："不过，创业都难。我会去试试。"

余嘉说："你加油！就等着去你的店捧场！"

王钰说："多谢！"

提起开店，她就把那些情情爱爱放下了。

和沈丘还是彻底断联吧。十多年来，她没有去找他，不也过了下来。

离开他，王钰依然可以好好活着。

与其一有空就琢磨沈丘的心思，情绪时好时坏，她还不如想想怎么开始挣更多的钱。

搞事业不香吗？干吗靠男人施舍的一点爱去卑微地活着。

王钰的手机又响了，她直接把电话号码塞进了黑名单，再把对方的微信拉黑删除。这一连串动作，一气呵成。然后王钰的世界又安静了。

发信息不回，电话打不通，微信视频不接，再一看到发出去的消息已被对方拒收，沈丘整个人都散发着森森的冷气。

可他毫无办法。一个人存心想要不联系另一个人实在是太简单了。

再去找她？

王钰打定主意不搭理，他又能怎么办！

就跟上次一样。

秘书詹团团敲门进来："沈总，网上舆论对我们不利，公司都被人堵了。几乎所有的合作伙伴都要和我们中止合作。"

沈丘说："不是澄清了吗？并非亲生父母，也给了赡养费。"

詹团团欲言又止："网友还是在——说。"

她的话说得很委婉，实际上，网上的评论很犀利。

沈丘上网看了一下，越看越生气。网友们不知内情，追着他骂，说生恩不如养恩重，虽然他找到了亲生父母，但他的养父母把他抚养长大是事实，他那么有钱，应该要好好赡养他们。

简直是道德绑架。

他们是养大了他，沈丘也一度感激涕零，但后来察觉了真相，心都凉了。

这哪里是恩人，说是仇人还差不多。

沈丘本来不叫沈丘，生父早早下海，挣了一份大产业。他的养父母多年无子，就趁在那附近做保安的机会，直接把他抱走了。

又过了几年，养父母就生了个儿子，然后他这个外头抱来的"儿子"，地位就直线下降，打骂是家常便饭，经常一餐饱一顿的，还要干家里家外很多活。

大冬天的，沈丘穿着单薄的校服，冻得瑟瑟发抖，得到很远的地方去挑水，然后给一大家人做饭。"双抢"的时候，他得请假在家里，四点起床洗衣做饭，然后天不亮跟着去干农活。他稍微做得慢一点，就要挨打。养父抽牛的皮鞭就直接甩过来，没两下，沈丘身上就是深深的血痕。

干了那么多体力活，养父母却从不给他饱饭吃，沈丘饿成皮包骨头，看到鸡蛋面，两个眼睛都是绿的。还是一手带他的奶奶心疼他，私下里给他吃喝。要不然，他真熬不到长大。

养父母也动了让他不读书早点去打工的心思。要不是沈丘读书实在太好，年年能有奖学金助学款拿回家，再加上老师在旁边劝，沈丘连上学的机会都没有，更别提考大学了。

从小到大，沈丘一直不知道自己不是亲生的，还以为是偏爱他的弟弟。十个手指头有长有短，父母偏心眼也正常，他是老大，得让着弟弟，将来要扛起这个家，虽然觉得他们不对，但也忍着。

直到后来大学毕业，沈丘和王钰分开，考回老家那边工作。他把单位给的体检机会给了养父，看到了单子上养父的血型，才察觉到不对。他回家反复问了奶奶，才得知了真相，如晴天霹雳。

于是，沈丘又去寻找亲生父母。亲生父母倒是健在，在他丢失后，两人也满大街找了他两年，但没有一点头绪。他们在互相指责中离了婚。如今一个在港地，一个在西欧，各自有家有孩子，都很幸福。他们坐飞机回到南江，见了他一面，抱着他大哭一顿，给了他大笔财产，但他想要的亲情，他们也没办法给了。

从小就不在一块儿，亲生父母和他彼此心里有隔阂，客气有余，热络不足。

亲生父母也不希望他影响他们现在的生活。

养父母和他才是一家人。

于是，这样算下来，沈丘到哪儿都成了多余。

他没有家。

奶奶一开始也不知情，临终前留了封信，说明原委，求沈丘不要再追究。

看在奶奶的分上，他没有和养父母撕破脸，而是不声不响地辞了职，然后一个人回了南江。他定期打一笔钱给养父母，自认为仁至义尽。但他万万没想到，养父母不知从哪里听说他开了公司发达了，居然有脸找上门，想索要更多，甚至想让他给弟弟在南江也买个房子，安排工作。

沈丘一开始没搭理，养父母不知听了谁的建议，居然跑到寻亲节目上声泪俱下地表演一番，给他施压，然后就弄成如今这个局面。

破局也不难，只要把真相放出来就好。但沈丘不愿意把血淋淋的伤口暴露在光天化日之下。他的亲生父母也未必愿意出来站台。更何况他答应了奶奶，那是从小到大唯一心疼他的人，他必须要遵从奶奶的遗愿，不然过不了心里的那个坎。

于是，沈丘说："注销公司吧。就说我破产了。再给笔钱，让他们留个字据，以后都不要找我了。不签，他们连这笔钱也拿不到。"

本来这个公司这两年也一直在亏损，他也有注销的意思，正好就驴下坡。他也可以跟养父母说自己彻底没钱了，一劳永逸。

城市很大，真心想藏起来，根本找不着他。

詹团团说："好。只是沈总，您的名誉？"

沈丘笑了："不管他。"

他不在乎这些虚名。

养父母也就是闹，也没有胆子闹到法庭上去。

只要能解决掉麻烦，获得实际上的利益，沈丘觉得这没什么。反正，这世道社会新闻层出不穷，一个热点总会被新的热点覆盖，网友们只是发泄情绪，谁又能真的记得谁？

只是王钰那边……

沈丘站在窗前，看着远方的晴空，良久，轻轻地叹口气。

大约这个世上最不能勉强的就是感情吧。亲情是这样，爱情也是这样。

他大概就是亲缘情薄。这么多年还是孑然一人。

沈丘说："员工遣散工作要做好。你从毕业起就在我们公司了，拿三倍的补偿。"

詹团团心里一酸："沈总，其实我——"

"詹秘书。"沈丘转过身，提高音量打断了她的话，"你个人领去的办公用品也都带走。送你了。以后珍重。最近，我就不来公司了。"

他知道詹团团想要说什么，但是他不想听。

还是像这样好，清清爽爽的上下级关系。以后再见，他们还能客客气气地打声招呼，彼此寒暄几句话。

詹团团扬起笑，抬眼看着沈丘，把刚才想说的话又藏在心底："沈总，房屋租金的事情，我处理到今年，然后整理成表，发到您邮箱。"

沈丘笑笑："好，辛苦了。"他的笑容里有如释重负。

经历了那么多，有些事情确实该放下了。

还爱王钰吗？爱。

当然深爱。但是他累了。

所有的勇气在一次次碰壁中，终于消耗殆尽。沈丘不得不尽可能地心平气和，接受他压根儿不想看见的结局。

也许在王钰眼里，他的深情款款就是打扰吧。是他不识数，厚着脸皮凑过去的。

那他也该收手。

大抵这世上少有事是天遂人愿，大部分都是事与愿违。

沈丘已经尽力挽回了，把他能做的事情已经做到了极致，是王钰不要他的。

沈丘最后给王钰发了条信息："以后不打扰了。祝好。"

他没有去等王钰回复，从手机里抠出了卡，剪碎了，直接丢进了垃圾桶。

王钰没有收到沈丘发的信息，她的日子又恢复到往日的模样，安安静静的，但实在是冗赘芜杂，没有什么可以说。

日子过得极快，转眼之间，就到年底。

纷纷扬扬的雪落了下来，让南江这座大都市蒙上了一层白色的薄衣。

王钰丝毫没觉得冷，心里热乎乎的。她把一毛钱掰成两半花，拼命地节省，终于攒够了本金，租了个十来平方米的小铺子，卖起了手擀面。

她走薄利多销的路子，每天都准备八样浇头，分量管够，从四点就开始忙，一直干到深夜。

为了省去来回路途上的时间，王钰把之前租的房子退了，干脆和王乐乐住在店里。好在王乐乐特别懂事，做完作业，能帮她打打下手。

四个多月干下来，王钰算了账，除掉成本，居然挣了十万块钱，顿时激动不已。

连日的忙碌，王钰整个人瘦了一圈，但精神极好，一双眼睛顾盼有光。

早上吃面的最高峰已经过去，王钰可以稍微歇口气。她兴致勃勃地说："我们明天去南江动物园。"

王乐乐眼睛一亮，继而抿了抿嘴唇："妈，我不去了，星期天店里客人多。"

王钰说："一天不开门没关系的。"

王乐乐摇了摇王钰的胳膊，说："妈，等寒假到了，我们选不是周末的下午去啦。"

王钰心里一暖，说："那我点外卖，薯条和鸡块。"

王乐乐到底是小孩子，高兴得不得了："好啊!"

十岁出头的孩子正在抽条，面容也有了变化，成了清俊的半大小子。

余嘉顶头走进来，笑出声："我请。"

她拿出手机，下了单，买了薯条、鸡块，外加鸡柳、炸鸡腿。

王钰直接去煮面："今个怎么晚了?"

余嘉一般都是快中午起来，吃点东西，然后撸个美美的妆，再晃晃悠悠去上班，当场找个男人请她吃晚饭，顺带拉着对方多喝酒。

现在才十点，应该还是她休息的时间。

余嘉尽可能说得轻描淡写："我花店的地址定下来了。之前有个姐妹现在做婚庆，我和她讲妥了，她要什么花，我给她进。"

她的嘴角早就弯出了弧度。

王钰问："哪一带?"

余嘉说："五角场那边。"

她嘚瑟："有人在那给了我套房子住，店面也是他的。可大了，我要把这店面装修得美翻了。哎呀，差点忘了说了。房子和店面都写了我的名字。他给我看了不动产证。"

终于抓了个大方的鱼上了岸，虽然那条鱼老了点，但她依然兴高采烈。

王钰觉得不靠谱："男的多大岁数？你悠着点。"

余嘉说："五十吧。看着不显老。顶多四十出头。"

王钰心里不踏实："他——单身吗？"

余嘉很有信心："他说他很快就离婚。"

王钰差点噎住，停顿了几秒，赶紧去劝："嘉嘉，咱们宁可步子迈得小一点，自己来投资，一步一个脚印。虽然钱难挣，但是钱凭自己本事来的，少就少点，睡得着啊！"

她之前和前夫闹离婚的时候，自学过一点法律。虽然不动产证上写了余嘉的名字，但对方已婚，他的合法妻子就可以上法院去告，把房产要回！

装修是贬值的，而且很多装修物就贴在墙上地上，搬不走。真到了图穷匕见的时候，余嘉不仅竹篮打水一场空，还会把名声搭进去。

倒不如一开始就在金钱上撇清了关系，将来没金钱上的羁绊，进退都可以。

退一万步讲，人没有了，至少还有钱吧。

人啊，不要过高地估计了和对方的关系。爱的时候，当然是你侬我侬什么都好说；激情一旦退去，遇到大的利害冲突，真可能会露出狰狞的模样。真到那个地步，可就不好看了。

很显然，余嘉没有把她的话听到耳朵里，依然是一脸高兴："都写了我名字，还怕个啥。钰姐姐，你是觉得他年纪大吧！哎呀，他有钱！他不是老头，是我可爱的老 baby！"

王钰说："防一手吧。这岁数的男人，没一个是简单的。"

但她目测余嘉这个样子，是听不进去的。她补充说："你自己的钱留着，啥都不管。万一怎么着，你自己的钱至少还是有的。"

余嘉不高兴了："你怎么就不盼着我好啊？钰姐姐，我都要嫁给有钱人啦，人家很有诚意的，你应该为我高兴才对呀！"

王钰说："嘉嘉，他要是已经离婚或者丧偶，拿着房产证来找你，我只会为你高兴。但现在人家还没离。"

她并不觉得一个五十岁还抛弃妻子的人有多么好。和他共同生活多年的人说放弃就能放弃，那么他对后来人又能好到哪里去？但很显然，她现在说那么多，没什么用的。

王钰把一碗热乎乎的番茄牛腩面端到了余嘉的跟前："先吃吧。"

余嘉喝了一大口汤，又吃了两口面，顿时觉得通体都暖暖的，说："钰姐姐，知道你为我担忧。这回是真靠谱的。人家很有诚意，出的是真金白银呢。今天就给我转了一笔安家费五万块。再说了，他很快要离婚了。等他一离婚，我就跟他结婚，是奔着过好下半辈子去的，我会用心经营婚姻，开好花店，再去生个孩子，不会离婚的。"

王钰犹豫了一下："转账的啊？"

这种大数额的转账，要是对方日后说只是借款，法律一般会予以认可的。再说了，就算是赠予，也允许人家撤回啊！

余嘉想不到这层，高兴地说："对！很大方！我运气好，遇到他！"

王钰吞吞吐吐地说："对方有妻子，你们怎么结婚呢？"

男人的嘴上抹了蜜，承诺得天花乱坠，骗得女人交了身心。

王钰不评价余嘉的对错。明眼人都知道她挖了人家的墙脚是不对的。站在道德的制高点去说三道四很容易，但对作为她好朋友的王钰来说，更重要的是把余嘉从沼泽地里拽出来。

王钰不觉得老男人真心想娶余嘉。真想结婚的，会赔偿好上一位，恢复单身后，再来出现。现在这样子，仅仅是对方的缓兵之计，余嘉怎么办？

怕就怕人家是两头骗，老婆瞒着，余嘉哄着，自私自利，什么好处都要占。

外卖送到了，余嘉兴高采烈地把薯条、鸡块这些摆在桌上，招呼王乐乐吃。

她说："我心里有数！今天下午搬家公司就来了。等花店装修好，一定要过去看呀！以后有时间，我再来看你！"

王钰就没再说什么了，只是说："好。"

都是成年人，自己为自己的选择买单。

王钰并不看好余嘉这段缘分，但余嘉一门心思往这条路上闯，她劝了，根本没办法拦住，也就随人去了。

她想了想，说："反正只要我这个店开着，你就尽管来吃面。"

余嘉满口答应，她抬头看着斯斯文文啃着鸡腿的王乐乐，"咦"了一声。

她说："钰姐姐，你没发现吗？现在你家乐乐越长越不像你……倒像是……是那个谁？"

余嘉回想了一下，终于在记忆中把这个名字拎了出来："很像沈丘，脸型很像，五官也有点他的影子。"

王钰直接说："王乐乐有爸爸的。"

她看过前夫给的胎儿亲子鉴定结论那页的照片，才去和他领的结婚证。

在此之前，王钰心存幻想，也许没那么巧呢！但事实就是事实，哪怕再不喜欢，也得去承认。

余嘉问："那你前夫现在在哪儿？这么多年都没管过孩子？"

王钰说:"我们协议里说好的,孩子归我。"

当时,前夫跟她来谈条件,只要她放弃这个孩子,再给他生个新的孩子,那么他们就继续过下去。要是王钰不答应,那么她就得带着孩子净身出户。

说句心里话,她犹豫过,到底孩子治疗的前景不甚明朗,也不知道治好了会不会有后遗症。但当孩子在她怀里软软地笑着,轻轻地喊着"妈妈",王钰就彻底心软了,无论前夫怎么劝,磨破了嘴皮子,她都不想放弃。

于是,她签了协议,和前夫办了离婚手续,把孩子的姓改成了王,然后搬进了医院旁边的又破又小的出租屋。

余嘉说:"钰姐姐,你前夫不管你可以,但不能不管孩子。这是他的义务。"

王钰说:"都分开那么多年了。我和他一直没有联系,也不想去联系了,更何况我跟乐乐现在挺好的。"

开头的时候,她也怨天尤人过。但事情一桩一件接踵而至,她就没力气去自怨自艾了。

没什么好感慨的,怨天尤人也解决不了任何问题。王钰索性迎难而上去面对,用实实在在的行动,争取最好的结果。

她的眼睛有笃定的光彩,笑着说:"嘉嘉,人生就没有过不去的坎儿。遇到坑,走不过去,那就跳过去;要是跳不过去,那就绕过去;总能过得去。"

到了寒假,王钰的手擀面卖得更好了。

附近本地人多。实惠又好吃的口碑被口口相传后,好多人带着孩子来,都是拖家带口的,一来就来好几个人。

王钰忙不过来,请了个阿姨来打下手。每天结束营业,算起账，盈余不少，她笑得合不拢嘴。

更让王钰高兴的是王乐乐，这一年，他什么毛病都没有，连感冒都没感冒一回，而且学习成绩是真的很好。王钰根本不用操心，王乐乐就名列前茅，甚至课余时间还能在店里帮衬。

小店蒸蒸日上，王钰就盘算安家的事了。

南江房子很贵。但是她买得足够小，也还是能负担得起。

现在房价稳在这个水平上，王钰算了下，在附近小区买个三十平方米的小房子，她再干两年就能把首付凑出来了。

店里太忙了，王钰一直没找着空闲时间陪王乐乐去动物园。偏偏这孩子乖得不得了，后来就再没张口提过。但王乐乐不提，不意味着她能不做。既然已经答应了孩子，那她就一定会兑现。

王钰在公众号上买了亲子票，对王乐乐说："我们店除夕、初一休息两天。大年初一，我们一早就去动物园。"

王乐乐高兴得跳了起来："哦耶！"

接下来的几天，王乐乐就数着日子过。每过一天，他就更兴奋一点。

王乐乐兴冲冲地说："我把我的金箍棒带去。"

这是他最宝贝的玩具，还是王钰前夫在王乐乐周岁的时候买的。那是他们关系最融洽的一段时间，一大家人其乐融融地在一起庆祝孩子的生日，就像所有幸福的家庭一样。

这么多年了，王乐乐就喜欢捧着这根金箍棒睡觉，上面的花纹都给他摸秃了。

王乐乐没说过，但是王钰心里知道，这孩子惦记他爸爸。王钰心里酸，到底没办法给孩子一个完整的家。

要不就尝试联系一下？如今的王钰有点扬眉吐气的感觉，小吃店给了她重新出现在前夫跟前的底气。

前夫的电话号码，王钰记得，背着王乐乐按下了那串数字。

电话响了几下后，被接起来："喂？"

时过境迁，王钰已经不恨他不负责任了，平静地说："管野么？我是王钰，王乐乐妈妈。"

对方在电话那头愣了几秒："你谁啊？"

那是一个温柔的女声。

王钰愣了一下："你不是管野吗？明明是这个号码。"

电话里说："我不是，这个号码我都用了四年了，你打错了吧。"

王钰说："谢谢。"

对方就挂了电话。

王钰听到那头的电话忙音，心里很茫然。

也是了，这年头连爱情都可能不过夜，更何况是一个电话号码。分开那么久没联系，对方把电话号码换了很正常。

她回想了一下，当时她离开得坚决，他们共同的朋友的联系方式，她都没有存。

王钰短暂的婚史就像一阵风一样来了，又从她的生命里骤然消失，除了一个王乐乐，什么都没有留下。

有些怅然，但也理所当然。

除夕下了一天一夜的雪，第二天起来，王钰打开卷闸门，就看见地上就有五厘米厚的积雪。

王乐乐也起来了，说："妈，地铁不会停了吧。"

王钰说："这点雪没事的。"

再大的雪，她也经历过，便不紧不慢地烧水。

在等水开的时候，王钰顺手拿了条黑灰条纹的围巾给王乐乐戴上，说："外头冷。围巾不要摘。"

她的手微微一顿："你脖子这两边怎么了？"

王乐乐没当回事："妈，怎么了？"

王钰仔细地看了看，又摸了摸，几天没注意，王乐乐的脖子粗了，尤其脖子两侧，都有微微的凸起。

她问："这里疼吗？"

王乐乐说："妈，不疼啊！"

王钰也没觉得多严重，但为了保险起见，说："那我们等一下先去医院，去医院看完，再去动物园。"

王乐乐对医院的记忆不太美好："妈，我能不能先不去医院啊？我们今天先玩，玩好，明天再去。"

王钰安慰说："很快的。今天上午医院的人应该不会太多的。下午我们玩得晚一点再回来。"

王乐乐勉勉强强答应了。

儿童医院就诊的这套流程，王钰是熟悉的，很快就带王乐乐来到了内科。

医生问了几个问题后，仔细地给王乐乐检查了一下："孩子的脖子淋巴结有点肿。先验个血看看吧。"

门诊大楼里病人不多，半个多小时后，王钰便从自助机上刷卡取了报告单。

她瞧了一眼，单子上有几项数值不在正常的范畴内，白细胞和淋巴细胞高、血小板低，有点贫血，但和正常数值差别不是很大，也就没当回事儿。

王钰带着王乐乐复诊。

谁知医生看到报告单，犹豫了一下："脖子呢？痛不痛？"

王乐乐说："不痛。"

医生说："这个化验单看得有点不对，我帮你转到血液科看看吧。"

王钰愣了一下："医生，脖子上有地方突起，就只是长个疙瘩吧。"

医生说："我看着这个血项指标有点不对啊！刚才也跟你说了，孩子脖子这里的淋巴结肿了，他们血液科那边会更专业一点，建议你把这个化验单给他们再看看，然后把症状和他们仔细描述一下。我这边就把你点转过去，你拿卡直接到那里报到排队就可以了。"

这话听着就不太妙。

王钰不安："医生，血项指标这个数值差也不是差太多，有什么问题吗？"

医生微笑着："你先别急，先过去看看，没有问题是最好的。有问题，我们再进一步去处理。"

王钰便拽着王乐乐又赶往血液科。

王乐乐噘嘴："妈，我们不看了。没什么大事，也就是脖子粗一点，也许过几天就好了。这都快十点了。"

王钰说："一会儿就好了。我们哪次看病不得耽搁半天？乐乐，咱们晚上在外头吃，玩得晚些。"

初一早上，血液科门诊病人也不多，很快就轮到王乐乐了。

里头坐诊的是一位上了年纪的老专家，旁边坐着一个年轻的医生在打字。

老专家问了几个问题，在电脑上看了血检报告单，又摸了摸王乐乐的脖子，然后打电话让护士把孩子带出去。

王钰顿时脸色煞白，心里忐忑不安了。

上一次，她前夫也是这样被医生单独留在了办公室。然后，命运的齿轮开启，一连串打击和变故不断袭来，把她原本还算是正常的日子破坏殆尽。

王钰在心底一遍又一遍地安慰自己，不会这么倒霉的，血项指标看起来还凑合，也许就是有些话不方便让孩子听见吧。命运已经把她狠狠蹂躏一番，应该不会再给她设什么障碍了。

老专家单刀直入："是孩子妈妈吧。不要急啊！孩子的检查结果看着不太好，患急性白血病的可能性较大。要确诊的话还要做进一步的检查。"

这些话就像是冰雹一样，重重朝王钰身上砸去。她只觉得天昏地旋，仿佛她的整个世界都在剧烈摇晃起来。

怎么可能？血项指标不就超过正常范畴一点点吗？

不会的。

她已经遇到过急转直下，被折腾得差点把大半条命交代进去，怎么可能还会被折腾第二次？她不愿意接受。

王钰情绪顿时就上头了，说："不可能，我孩子不可能得这种病的！"

老专家温和地安慰："先别急啊！所以说我们才需要做进一步的检查，咱们排除一下。有，就积极面对；没有，那不是更好吗？"

王钰的嘴唇都在发抖，神色恍恍惚惚的，强迫自己定了定神："我家孩子之前是法洛四联症，在这里做过两次心脏手术。会不会血项指标跟这个有关系？"

老专家和气地说："不急，我们先做进一步的检查，看看结果再说。"

王钰问："要做什么检查？抽血吗？"

老专家慢条斯理地说："孩子颈部淋巴结肿大，不痛。血检这几项不对。很像典型的白血病啊！最好做个骨穿，看看结果。可能还需要做免疫组化。"

王钰的身子在轻轻颤抖，仿佛看到了一团黑暗像雾气一样，朝她张开了大嘴，露出了锋利的獠牙。

老专家都这么说了，那王乐乐患病的可能性很大。为什么会这样？

老天啊，又来吗？他们母子的日子明明才刚刚好一点啊！

怎么又要开医院的副本？

王钰扪心自问，她真的没有做什么伤天害理的事，为什么命运总挑她这根细到不能再细的绳不停地搓！一次就够了，为什么还有啊！

她就好像是身处深渊，抓着一根藤腕，艰难地爬，好不容易往上爬到高处，看到了亮光，结果狂风大作，又把她重重地摔回到底部。

好想哭啊！但是她不能失态，办公室外，王乐乐还坐着等她。要是连她都崩溃了，那王乐乐又该怎么办呀？

王钰睁大了眼睛，努力把泪水憋了回去。

就像老专家说的，也许通过进一步检查，最终认定王乐乐没有得病呢，那岂不是皆大欢喜？

王钰祈祷，命运的台风只是轻轻擦过她，就飘过去了，而没有留下来反复在她这块贫瘠的地上卷来卷去。

她受不住了，真的承受不住了，也不想再去承受。

工作再忙再累，总有做完的时候，而且能挣到钱，日子有个奔头。但这命运的下坠，实在是太痛苦了，纵使王钰再怎么去努力，也扛不住这千钧重的拉扯，把她现在所拥有的一切瞬间再度清空。

王钰真的没有再来一次的勇气，实在是不想再遇到大波大浪了。但是她要是真遇到了，又有什么办法呢？

羽绒服里，王钰的手指紧紧地攥成拳头。

老天，求求老天，拼命地求求老天，就抬抬手，放过她吧！

她只是一个不起眼的小人物，只是想要普普通通的生活，简简单单的没有太多起落的生活，不会去碍着谁，挡着谁，恳求命运饶过她吧，不要再让她去闯那些困难得不能再困难的关卡！

但再不情愿，她都已经来到了关卡的门口，总不能还没有开始，就认输了。凡事总是要想尽办法、拼尽全力，熬到最后才知道行不行。

王钰强打着精神，领着王乐乐继续做检查。

虽然有麻醉，但看到了粗大的针管扎进孩子的背部时，王钰的眼泪还是夺眶而出。

因为是局麻，王乐乐的脑子很清醒，他说："妈妈，是不是我又病了。"

小时候的事，他记忆不深，但也知道自己曾经大病过一场。

王钰擦干了眼泪："没事的，我们就是做个检查看一下。"

王乐乐懵懵懂懂地猜到了一些，说："那动物园，我们今天没办法去了吧。"

王钰尽力挤出笑，说："乐乐乖，今天做好检查，要好好躺下。报告明天出来，要没什么事，我们就痛痛快快去玩。"

王乐乐很遗憾，说："好。"

等孩子休息够了，王钰便把孩子慢吞吞地背回去。

十来年过去，王乐乐长高了许多，她已经抱不动了，就只能背着走。

王乐乐过意不去："妈，我不疼了，自己能走的。"

王钰尽力让自己的语调听起来轻松自然，说："没事啊！妈妈背你。妈妈背得动，妈妈有的是力气。"

外头风雪交加，鹅毛大雪铺天盖地落下来，飘来荡去的，糊住了王钰的眼睛。

她一眨眼，眼泪止不住，一滴接着一滴地掉下来。

王乐乐在王钰的背上艰难地打开了伞，想把他们两个人都遮住。可风太大了，王乐乐不太握得住，小小的伞被吹得东倒西歪的。

王钰紧紧地背着王乐乐，生怕自己一个闪失，王乐乐掉下去。她喃喃地说："没事儿，乐乐，别怕。妈妈背得动。我们一会儿就能到家，一会儿就到家。"

人行道上铺满了白雪，留下了王钰一串深深的脚印。

回家的路不长，但她走了很久。

王钰老远就看见余嘉穿着咖啡色大衣，双手交叉抱着肩，哆哆嗦嗦地站在小吃店的屋檐下。她的旁边放着一个玫瑰红的行李箱。

等王钰走近了，才发现余嘉没化妆，眼睛大而无神，眼睛下方一片乌青。

王乐乐有气无力地喊了一句："余阿姨。"

余嘉答应了一声，嘴唇哆哆嗦嗦的："钰姐姐，我想吃碗汤面。"

王钰开了门，把王乐乐安顿下来，这才腾出心情，问："嘉嘉，你这是怎么了？"

当时余嘉欢天喜地奔向幸福的模样，王钰还历历在目，怎么一个多月过去了，人就如此落寞憔悴？

余嘉已经拖着行李箱进来，坐在椅子上，淌眼抹泪地说："我——我被人赶出来了！"

面团是一早发好的。王钰拿起擀面杖摊成薄薄的面饼，然后在上头撒上干面粉，再叠成卷，快速切成细条。

水开了，她把面放进去煮。

折腾了大半天，王钰和王乐乐也饿了。她问："怎么回事？不动产证上不都是你的名字吗？"

虽然王钰不赞同余嘉的行为，但也不希望她过得太糟糕。

余嘉哭了："死老头做了假证。房子是他和他老婆的。他老婆上门来，把我赶出去了。他就在旁边看着，还说是我勾引他的！明明是他追我的！"她喋喋不休地说着。

王钰"啊"了一声，抓住了重点："不动产证还能有假？你投了装修费进去吧，这个钱怎么算？"

余嘉捂着脸哭道："就是假的！我说我有，他老婆说她去办的，会不知道？死老头把我拉黑了。当时，装修都是让我把钱取出来给他，我已经上网咨询过了，钱很难要回来。"

余嘉是有错，可一码归一码，是她的钱就是她的。再说，真计较起来，那个老男人才是罪魁祸首。

王钰想了想，说："你们之前聊天记录里面有没有说到这些的？"

余嘉摇摇头："他说他不用微信。要么打电话说，要么当面说。"

王钰再努力想了想："那有没有人看到这个事呢？比如你和装修工人结账之类的？"

余嘉大哭说："他当时说他来管事，我只需要负责貌美如花。我就信了。我怎么这么笨啊！对了，我跟你讲过，你是知道这个事的!"

凡事要讲证据，没有证据，就算说破了天，也说不清楚。

王钰无奈了："没有证据没有用的。我之前就是这样。前夫的房子，我去装修。最后没证据，人家就是耍无赖，不给钱。我一点办法都没有。"

前夫甚至连抚养费都不想出，要是王钰不答应带孩子净身出户，他就签字放弃救王乐乐。那一刻，王钰彻底看清楚对方的嘴脸，实在是不想和这种人继续搅和在一起，就干脆把孩子改成跟她姓，然后麻利拎着包，抱着孩子到外头租房子住去了。

余嘉几经崩溃，失声痛哭："他就是让我每次取几千出来。说是，反正陆陆续续买东西，每次需要的都不多。他还说万一钱不够，他自己来添上。我当时还觉得他心好。"

这是哑巴亏。

老男人老成精，把余嘉玩得团团转，明明是两个人的错，但把骂名全赖到她头上，自己爽了后，还能全首全尾地回家，哄得老婆消了气，继续过自个的小日子。

而余嘉呢？不仅半点好处都没捞到，被人骗了身，还没了钱，亏大发了。

但这种事，王钰也不想评价什么了，她把一碗鸡蛋面推了过去："嘉嘉，什么话别说了，先吃完热乎的面条吧。"

余嘉哭得稀里哗啦的。"钰姐姐，你真好。"

余嘉中午没吃饭，可不觉得饿，但知道自己要吃点什么，就捧着碗，用筷子把面条一根根地挑出来，慢慢地吃。

顾了余嘉后，王钰又去管王乐乐，轻言细语地问："乐乐，现在好受点吗？饿了没有？可以坐起来吗？"

王乐乐精神恹恹地说："坐得起来。"

王钰给他支起小桌板，把面条放到桌子上，再把他扶起来，给他的后背加个枕头当靠垫。"咱们慢慢吃。"

余嘉这才注意到王乐乐一直沉默着，问："乐乐，怎么了？是不是生病了？"

王钰硬撑着，说："去过医院了，明天看结果。"

余嘉沉湎在自个崩坏的精神世界里，说："哦。那钰姐姐，我该怎么办？他害死我了！我投了二十万到店里面啊！难道就这样算了吗？钰姐姐，我现在没地方去了。你收留我啊！"

王钰心里有事，只是说："我这还有张行军床，你暂时凑合一下。"

余嘉又说："我打算重新租个房子，你明天陪我看房子，好不好？"

王钰说："嘉嘉，我明天要带乐乐去医院。"

这个话，她刚才说过了，但估摸着余嘉正被激烈的情绪支配着，没听到耳朵里。

余嘉还在难受："我以为能过上好日子，没想到是个老骗子。我的钱啊！"

听到这里，王钰反而没那么担心了。

余嘉心里最惦记钱，她本就不是那种为爱寻死腻活的人，也不在乎脸面挂不挂得住。

这样子，王钰就好劝了，说："嘉嘉，这次就当花钱买个大教训。咱们自己立得住，找份事业干干，多搞钱。往后日子长，混出了头，不就什么都有了吗？"

余嘉在场子上混久了，负心人见得太多，慢慢地收了泪水："得想个法子把钱要回来。不然太亏了，钰姐姐，你快帮我想想有什么办法？"

王钰确实不知道。她也在吃面："这个不晓得。"

余嘉把头发撩到耳朵后面："我再想想办法。这口气，我就是咽不下去。"

王钰心不在焉，随口附和。挨过了最初的慌乱，她不断地给自己打气，不要再害怕了，反正害怕也解决不了问题。她满脑子都是接下来该怎么办。

如果报告是好的，那自然皆大欢喜，但要是王乐乐真病了，她肯定要全力以赴。

儿童医院的治疗水平在全国是数一数二的，她打算继续在这里看了，反正医生怎么说，她怎么做，那么余下的就是医药费的问题。

王钰盘算了一下，她手头只有十万块钱出头，距离医药费的缺口还很大，而且她们母子日常也要开销，所以这个小吃店，她必须咬牙坚持下去。

而王乐乐那边需要人照顾。王钰分身乏术。好在这几天是过年，客人不多，她可以关了店门，但过了这几天就不行了，她一定得开门营业。也就是说，王钰必须得在开店和照顾王乐乐之间找个平衡。

现实就是很难。但是好赖，日子都是一天天往前过的。

人总是要活在当下，尽力活出自我来。

余嘉还在那叽叽咕咕的，就是气不过。发泄了大半个钟头，一抬头看见王钰在想心事，有些奇怪："你怎么了？"

王钰说："没什么的。"

可她越是这样说，余嘉就越是感到她反常："有什么事直接说嘛，说不定我能帮上忙的。"

王钰说："还真有。我把面条弄好，汤底料也放好。阿姨会煮面，也能收拾桌子，但是她没空管收银。嘉嘉，这几天我有事儿，我不在的时候，你帮我看一下店，招呼一下客人，收收钱。"

余嘉说："你要忙啥？"

王钰看着王乐乐，目光温柔而坚定："陪孩子看病。"

当晚，等王乐乐和余嘉都睡了，王钰用手机搜起了白血病。不搜不知道，一看吓一跳，居然有那么多的孩子得了这种病。

她点开一篇篇文章看过去，不断看到一个个之前从没有见过的医学术语。

王钰理解起来很是吃力，大体上有一个印象，白血病不是不能治，但确实是很难治，而且治疗的过程很艰难，孩子会吃不少苦头。

最好就是王乐乐没有得这种病吧。王钰在心底默默祈祷。

求老天爷放过她，她已经够难的了，不要再来为难她了。

她一边看着资料，一边辗转反侧，心里一遍遍祈祷，期盼着不要有事。

夜晚的时间显得格外漫长。小吃店里只留下一盏台灯，放在最远的一张桌子上，调到了最暗的一档开着，散发出微弱的光。

黑暗铺天盖地地包裹着王钰，她没忍住哭了好久，伸手去摸，枕头已经湿了一大块，冰冰凉凉的。

可哭又有什么用？事实不会因为她不想接受，而不会发生。可她还是忍不住去哭，把情绪发泄出来。

真的没有法子。白天她不属于自己，要坚强，得勇敢，像一棵参天大树一样稳稳立着，给王乐乐遮风挡雨。到了晚上，夜深人静的时候，她终于可以卸下自己的盔甲，去面对自己内心的软弱。

王钰真的不知道前面还有什么等着她，下一个剧本是悲剧还是喜剧，这一刻的她一无所知。

王钰仿佛是一头扎进了黑夜的雪地里，没有月光，也没有星光，甚至连脚下的路都看不清，只能抬着仿佛被灌了铅的腿，往前走着，完全不知道白雪之下，到底是一脚踏空，还是坚实的土地。

就像一把巨大的刀用极细的线吊起来，挂在她的头顶，只要风稍微大一点，刀随时随地都可能落下来。王钰看着那锋利森冷的刀刃，心惊肉跳。

等待的痛苦焦灼着她的心。

王钰想让时间过得快一点，早点知道结果算了，也不需要纠结报告到底是好还是坏；但又想让时间过得慢一点，如果是不好的结果，她宁愿永远不知道，那样还会心存一丝幻想，就不会那么难受了。

手机没电了，给手机充上电，她裹着羽绒服爬了起来，实在睡不着，又没有手机看，她又开始胡思乱想了，心情就更坏了。

又不是年轻那会儿，王钰这些年一直和医院打交道，对医生的话还是很了解的，心里有预感，她想看到的那种可能性微乎其微，而她不想看见的那个结局几乎是板上钉钉。她去擦眼泪，尽力让自己不哭，可眼泪还是止不住往下淌。

王钰就是在深夜崩溃大哭，也得把哭声调成静音，怕打扰到王乐乐他们休息。

真的想不通，厄运怎么会一而再再而三地找上她呢？

她真的是好不容易从上一场的悲痛欲绝里挣扎着爬了出来，总算看见了生活里安稳的小幸福，可现实却给她重重一击，再度把她丢进肆虐的暴风雪里。

没有人帮。王钰大概又要一个人背负起这一切。

她手里的事务很多，可里里外外、前前后后、方方面面，有千头万绪的大事小事要去处理和面对。

疲于奔命无法改变，着急上火无济于事，无力的疲倦感深深地爬上她的心头。

王钰想要一个好结果，但这世上，她能把控的事情很有限，有太多的意外状况发生，纵使有心挽狂澜，可最终的结果还是不尽如人意，但也就只能去顺应既定事实。

希望和现实之间，就好比是山顶到深壑，距离太远太远。

王钰在心底长叹，生活不易！

可又能怎么办呢？责任已经落到她肩上了，就是想逃离也是逃离不掉的，更何况她也不想逃离。做人总要负责。王钰会一直坚守在王乐乐身边的。

纵使全世界说她可以放弃了，但只要王钰还有一口气，就会用尽全部的力气去争取向好的方向发展。因为，她是妈妈。

医院是八点上班。王钰一夜未眠，早早安顿好了王乐乐和余嘉，然后打着伞，匆匆地走进漫天风雪里。

地上的积雪更厚了，王钰走了一步，脚踝以下都陷在雪里，她用力抬起脚往前走，身子像一只企鹅摇摇晃晃的，举着的伞也在风里晃来晃去。

她的每一步都走得很慢很艰难。二十来分钟的路程，硬是让她走了四十多分钟。

王钰总算挪到了医院门诊大厅门口，把伞放在雨伞架上。她的肩膀上铺着薄薄的一层雪，裤子的下半部分是半潮的。她抖了一下，将衣服上的雪弹掉。

门是自动的，王钰走了进去，迎面扑来一股暖风，一冷一热之下，她身子忍不住颤抖了一下。

今天来医院的人比昨天多些，好在门诊号的有效期是二十四小时，王钰今天不用重新挂号。她直接去九楼血液科门诊室外的自助机上，把就诊卡塞入卡槽，然后回到主操作页面。

王钰的手指悬在报告那一栏，迟迟按不下去。冰凉透过她半湿的裤子传到腿部，即便这里头暖如阳春，她也觉得自己哆哆嗦嗦的。

等到排在后面的人再三催促，王钰这才闭眼，下了决心，手指往下一按。然后她就听到打印机的打字声，再是"啪"的一声，报告就掉下来，躺在自助机的取单处。

王钰迅速地取出报告单，闪到楼梯转角的僻静处，颤颤抖抖地去看那张薄薄的纸。

她直接跳过一连串术语和数值，目光落到结论那一行——急性淋巴细胞白血病。

王钰的瞳孔猛地收缩，只觉天昏地旋，整个人身子一软，滑坐在了地上。

老天，怎么这么残忍！太残忍了！

为什么让她去承受这一切！

王钰浑身发抖，抖得特别厉害，本就不好的脸色一片灰白，像极了寒风凛冽里垂死挣扎的枯叶蝶。

她哭都哭不出来，只是大口大口地喘着气，脑子就像是锈迹斑斑的齿轮，压根儿就旋转不了。

王钰的心里只有一个念头，为什么还是她？

命运向她下起了狠手，让她接连遭遇不幸。真的好不公平。别人家的孩子都是好好的，而她家的王乐乐就是不行。她这辈子也没有做太大的错事啊！

王钰想去找个原因，去怪个什么，好让自己的心稍稍平衡一点，可她想来想去，想不出到底应该怪什么。

天上掉下来一块大陨石，正好砸在她的头上，王钰除了生生受着，努力把石头挪开外，没有别的路可以走。

心痛到极点，她已经没有眼泪了。

过了好一会儿，王钰才缓过来一点，感觉到自己是一个有心跳的活人。

她反反复复对自己说，她不能倒下，必须站起来，以最快的速度站起来，王乐乐还指望着她，前面有很多事等着她去处理。

可真的是好难啊！实在是太难了！

但避无可避，躲无可躲，那她就必须咬咬牙，迎难而上。

再走出楼梯，站在候诊室外，王钰已经平复了心情，平静地等着。

叫号的机器每隔一会儿，就继续叫号，很快就叫到她。

王钰深吸一口气，带着报告单走了进去。

今天坐诊的是一位年轻的医生，他看了之前的报告单，眼睛里有同情，小心翼翼地说："你家这个情况不太好，需要入院做进一步的检查和治疗。不过，我们科住院部的床位有点紧张，我把住院单先开出来，你去住院部那边看看，先预约一下。"

大医院床位一直都很紧张，王钰没有意外。她说："好！谢谢。我会全力配合你们治疗。就是能早点入院吗？"

医生写好了住院单，递了过来："我们会尽快安排的。手机号保持畅通，如果排到了，住院部会提前一天给你打电话。"然后，他还叮嘱了几句注意事项。

王钰一一记了下来："谢谢医生了。"

她的记性很好，基本上医生的每句话，她都能记下来。

王钰出医院的时候，是早上十点多。外头雪小了一点，如米粒般斜斜地坠下来，但路上的行人不多。

人行道已经铲过雪，露出窄窄的一条道。雪是一直下的。这条道上也有积雪，但不断有脚印覆盖上去，靠着来往行人脚底的那点温度，窄道上的积雪有一部分化成水，再被一回回碾压，这点积雪里头掺着水，混着尘埃，在天寒地冻的天气里再结成冰，如此这样反反复复，路面便变得又湿又滑。

路不好走。但王钰已经没有退缩的余地，举着伞继续艰难地往前走。

居民区附近就有大型超市。

王钰走进超市。超市里挂着灯笼，贴着红底金字的"福"，摆着琳琅满目的年货，里头欢声笑语不断，洋溢着喜庆的气氛。

她被这样的气氛感染了，嘴角忍不住上扬，笑了起来，可很快，她的笑容就收住了，冻在了脸上，眼神也迅速地暗淡下去。

热闹是别人的，而王钰就只能在人群里孤独地看着，就像是有透明的玻璃罩子隔开了她和外界，也屏蔽了先前的那点快乐。

不管她愿不愿意接受，想不想去面对，结果已经摆到她的面前了。

原来她之前的所有习以为常竟是侥幸得到的幸福啊！

超市在做促销活动，折扣力度特别大，不断有人涌进来。王钰定了定神，随着人群往前走着，以便把货架上的东西往购物推车里装。

今天的她没有克制自己，想要什么，看到了，就买什么。推车都装满了，王钰依然往里头塞东西，塞不下就堆起来放。

她漫无目的地转着，挤到了摆巧克力的货架前，各种品牌的巧克力包装得五颜六色的，看着就赏心悦目。

王钰一阵恍惚。

她已经很久没有吃过巧克力了。这些年她过得很节省，砍掉了所有能砍掉的开支，像巧克力这样的非生存必需品，她一直没有买过。

其实，王钰很喜欢吃。

她扫了一圈，直接挑了最贵的一盒，双手捧着，掂了掂，然后小心翼翼地放到了推车那堆货物的最上头。

然后，她侧过身，就看见一个三十来岁的妈妈带着一个五六岁小男孩在挑选巧克力。这对母子身边站着一个男人。王钰定睛一看，正是她的前夫管野。

管野一手推着购物推车，一手抱着一个两三岁的小女孩，神色温柔地哄着。那个小女孩扎着丸子头，打扮得粉粉嫩嫩的，像一个精致的洋娃娃。

他愣了一下，原本的笑容变得很不自然。很显然，管野也认出来了王钰。

王钰瞬间觉得不平衡：王乐乐刚刚确诊，生死未卜，她的生活荆棘丛生。而前夫倒好，抬脚走人，对他们不闻不问这么多年，转身娇妻在侧，子女成双，过上了幸福的生活。

她很想冲上去，狠狠地甩管野两个重重的巴掌。

叫他不负责任，叫他对王乐乐弃之不顾！

管野可以选择离婚，这是他的权利，她没办法说。但是王乐乐怎么办？抚养费总是要付的。可到今天，她是一分钱都没有看见过。

王钰把心一狠，迎上去："管野，好久不见。"

她极力压抑暴躁悲愤的情绪，但还是从语调上泄露了濒临崩溃的心态，显得很不友善。

管野现任妻子很疑惑地往这边看，而管野下意识上前一步，把妻儿挡在身后。

他将怀中的女孩递给妻子，语调安定温柔："你先看一下薰薰，去那边买东西，我们聊几句，工作上的事。"

现任妻子瞧了一眼王钰，自然不会多想，将小女孩放在购物推车的座椅上，一手推车，另一手牵着小男孩，挤入人群里。

管野站定后，开了口："王钰，有什么事，侬跟我说。我老婆什么都不知道。她人很好。我们现在很幸福。"

他把声音压得很低，目光左右瞟着，生怕旁边的人听了去。

王钰心里在滴血："她人很好？我人就不好了？"

管野皱着眉，眼皮都懒得抬一下，用鼻子说话："王钰，大过年的，你有必要这个样子吗？"

王钰被噎得一口气上不来又下不去。

对方总是有本事一句话就惹毛了她，但偏偏只是一句话，算不得什么大事。要是王钰计较，那就是她小肚鸡肠，存心去找茬。

在今天之前，王钰以为管野就是这种冷人，但今天看到他在现任跟前的服帖模样，就晓得他也是懂温柔的，只是他的这份温柔从来就没有给过她。

王钰满嘴苦涩，当年喝多了，有了王乐乐，不得不和他结婚，放弃了自己爱的也爱自己的沈丘。如今她落了这个结果，也是活该。

王钰长话短说："乐乐又病了，白血病。"

管野一脸不耐烦，漠然地说："和我没关系。"

王钰差点歇斯底里地咆哮起来。他们两个之间的相处就是这样的恶性循环，管野越是懒得搭理，王钰就越是忍不住提高音量，脾气越来越坏。她自己都觉得自己面目可憎，全没有少女时期半分的美好。

她深吸一口气："王乐乐是你的儿子，你作为父亲有抚养他的义务。我如果去法院起诉你，你必须付抚养费还有医药费。"

管野说："随便告。"

王钰气急了："你？"她深吸了几口气，终于没有把火发出来："你铁了心不管你儿子吗？"

管野这才把眼皮稍微抬了一点点："王钰，别赖我。究竟是谁的儿子，你心里没有数？"

王钰愣在了原地："你不是给我看过一张亲子鉴定的照片？"

管野没好气地说："鉴定一次要花我两个月的工资，P了张图。谁知道你真没干人事儿。我可把话说到前头，离的时候，鉴定我是做了的，你识趣，我就没抖出来。你少来纠缠，不然，我可就不客气了。"

他的这番话就像一场突如其来的冰雹，不管王钰受不受得了，都狠狠地砸在她心头，砸出一个个坑，砸得她整个人晕晕乎乎的。

王钰晕眩了好一会儿，才回过神来。

管野早就走开了，而她还在不断地想他刚才的话，极力回忆他们相处时那些磕磕绊绊的片段。

其实早就有苗头了，只是王钰忙于给王乐乐治病，那些反常都被她忽略了。现在想想，竟然是这个原因啊！

只是……

王钰黯然的眼神里突然迸发出一丝光。

既然王乐乐的父亲不是管野，那就只可能是沈丘！

王钰紧紧捂住了胸口，差点站不稳。

老天，这给她安排的是什么剧本啊？

峰回路转，跌宕起伏！她没有心脏病，都要被这神转折的剧情搞出心脏病来。

这不都白折腾了吗？

沈丘，沈丘。

王钰在心里头默念着他的名字，一遍又一遍，越念心里就越觉得苦。

人生怎么这么苦呢？和如意这两个字一点都不沾边。

两个人最美好的十年时光，就这样被莫名其妙地辜负了。

破镜能重圆吗？她不知道。

王钰已经很久都没有沈丘的消息了，不知道在哪里去找他，更不知道他有没有放下，然后开启新的生活。

如果沈丘已经有了新的人生，那她带着王乐乐再出现，又算什么呢？岂不是让人家为难。

就算他还在等自己，但沈丘真的可靠吗？王钰记得很清楚，人家可是拒绝交赡养费的人啊！未来有太多不确定的事了。

出现这个局面，她又能怪谁呢？好像谁都不能怪，但一步一步地就成这样了。

原本唾手可得的幸福被狗血的命运冲撞得七零八落，留下的只有一地鸡毛。

王钰拎着大包小包回到了店里，王乐乐没有察觉她的隐忧，高兴得不得了，说："妈！哇，这么多好吃的，太好了！"

他乐颠颠去翻，在里面翻出来一个变形金刚，更是高兴。

余嘉翻出巧克力礼盒，拆了包装，给王乐乐塞了一颗："这一款好吃。"她感到稀奇，王钰一直舍不得吃穿的，怎么今天变得那么大方？

王钰说："你喜欢就吃呗。"

余嘉摆手："我要减肥。"

王钰笑了，说："就吃一块，胖不到哪里去。平时减肥就算了，大过年的就别减了，待会儿我还做一桌子菜呢！我们一起好好地过个年。"

余嘉心里一暖："我已经好久没有和其他人一起过年了。"

她父母在她小时候就离异了，跟她都不亲。她初中毕业就一个人背井离乡来南江闯荡社会了。她后来遇到的那些姐妹们都是塑料情谊，嘻嘻哈哈可以，遇到事不过来笑话就不错了，更别提过来帮忙。因为工作的关系，接触的那些男人都是有家的，大过年的不可能来陪她。

这样算下来，余嘉除了王钰，还真没什么好朋友。

王钰说："那就跟我们一起好好过年。"

余嘉问："你不回老家吗？"

王钰摇了摇头，说："不回去了。"

在她离家的十多年里，家中的长辈逐渐离世，老家剩下的也就是一个姑姑、一个三舅，舟车劳顿赶回去也没有什么意思。更何况跨省，来来去去的也不方便，她就不回去了。

王钰户口早就迁过来了，这样一算，在南江的时间久了，反倒这里就更像是她的家。

余嘉说："我也不回去，过完年找个房子住进去，然后继续。"

一时半会的，她也想不出来，她还能干点别的什么，就打算重操旧业了。

即便是过年期间，也还是有人来酒吧消遣的，但客流量肯定比平时要少一点。余嘉就打算歇一歇，等到元宵再出来工作。

以后的出路以后再说，她现在得想办法让自己填饱肚子，总不能一直坐吃山空。

王钰做菜的手艺很好，手脚也麻利，忙了两个多钟头，就端上来六菜一汤。

老母鸡用高压锅压过后，熬出了黄澄澄的汤，里面放了枸杞。砂锅里铺了一层白色的菜秆，再铺了层碧色青菜，倒进去半肥半瘦的红烧肉，底下有酒精炉加热，正咕噜噜冒着热气。卤好的大块黄牛肉切片和青色的大蒜叶、白色的葱段、红色的辣椒丝炒在一起。笋干、豆腐干、青辣椒、火腿丝，加了辣酱炒在一起，成了下饭的笋干火腿丝小炒。蒸蛋里的虾仁个头大、肉质嫩滑。鱼香茄子上头撒了葱花，松鼠鳜鱼做得活色生香。

这些菜色香味俱全。

余嘉称赞不已，说："好羡慕你可以做一手好菜啊，想吃什么都可以自己做！"

王钰笑着说："喜欢吃，就多吃呗！做菜烧饭不是什么难事。你要想学，我也可以教你啊！"

余嘉说："我还是负责吃吧！"

王乐乐早在一边吭哧吭哧地吃着了。

王钰摸了摸他的头："慢点吃，别噎着。"

原来她没往那方面想，现在仔细观察了，王乐乐确实长得有几分像沈丘。多年前的幻想居然成了现实，但王钰没有多少开心。

事情没有那么简单。她现在根本找不到沈丘，就不要提其他的事情了。

不过，无论如何，王乐乐始终都是她的儿子。就算世界上其他人都放弃了王乐乐，她也不可能放弃。

手头上一直有活儿，王钰就没时间胡思乱想了。

反正她想再多也没有用，还是得想办法筹集更多的医药费去给王乐乐治病，至于能够治到什么程度，那就交给命运安排了。

桂枝香

太阳一点点偏下去，把淡薄的云抹上层叠的酡红。

窗子大开，秋风刮了进来，带来院子里浓郁的桂花香。而这香是冷的，带着零星的怅然。

林星的根根头发在风里微微发颤，双手捧着茶杯："从前也是这样的黄昏，我们吃过晚饭，拿着凳子去大礼堂看电影。看电影时是要自己带凳子过去的，一块钱一张门票。我看了很多电影，什么都看。越是有名的电影越是要看。"

他眼睛半眯着，微微用力握紧茶杯，整个人仿佛沉浸在迷离如雾的光影里。

茶杯是透明玻璃的，泡的是红茶，橙红色的茶汤上飘着一层红艳艳的枸杞。

他说："我读大学的时候啊，在庐州，喜欢泡在图书馆里，看了不少书。书看得杂，也不怎么挑，反正逮到什么就看什么。那时候，有个学妹一直在给我占座。我们老图书馆座位很少，都是要起大早去占的。那学妹一直坐我旁边。可我没开窍，就顾着看书了，到了快毕业的时候才朦朦胧胧意识到什么。现在也不知道那个学妹去哪里了。"

林星停顿了一下，又说："我那时候还给学姐打水……老乡嘛，大我两届。学姐腿摔了，我就给她打水，天天拎着热水瓶爬楼，搞得她班上的学长们看我眼神都不对，说我这小子手也伸得太长了，都到学姐这里来了……我就跟学姐说，不能再打水了！她腿好后就没再给她打过水。"

说着，他笑了起来："我那时候有个舍友，失恋了，心里不得劲。去食堂打饭的时候，有个人碰着了他，他就把那个人打了一下……当然打人是不对的，也挨批了。他缓了好些日子才缓过来。他读书好，后来就一门心思继续往上读，读到了法学博士，在南江那边当教授，写了不少专著，现在已经功成名就了。不过那时候，年轻啊！那时候嘛！"

呵，那时候。转眼间，几十年已经过去了。

好像日子特别不禁过，就跟看书一样，不知不觉书已经哗啦啦翻过了大半，但开头的事还记得很清楚。

谁记不住开头呢？

刚相逢的时候，恰似桂花满树初绽放，会越来越香……又如夜空里可爱的月牙儿，以后会渐渐圆起来。

多美好！

当然，就算当时不觉得美好，被时光的滤镜蒙上后，也会让人觉得那很美好。

到底是青春哪！

握也握不住的青春。

林星有点遗憾："可惜当时大学里没谈恋爱，就这么过来了。"

他没再往下说，捧着茶杯的手松了一些，头微微抬起，目光已是全然清明，平静地说："我说的，你都可以写进小说里。不过好像没有什么可以写的，几句话就讲完了。"

后面的事就落入俗套了。

只有这一段年轻的时光，洒满了温柔的月光，飘满了桂花的清香。

阳光里的青草香

晨光熹微，城市从寂静中缓缓苏醒。

我终于有勇气去看那些日记。

那厚厚的十几本日记，像许多卷电影胶片记录着一个人不同时间里最隐秘的心思。

这些日记的主人是冯碧落。

最上面的第一本日记的第一页写着一行字"献给向小北"！

我一直不敢看，直到今天。

捧着这摞日记本，我走到印月湖边，坐在长椅上，一页页地翻看。

当岁月遥遥逝去，回首时，旧日的场景，在时光深处永远定格。

晨曦将树上的烟岚剪成缕缕，袅袅地飘浮在波光粼粼的湖面上，像极了回忆里的愁绪。

附近的篱笆边栽着的菊花艳艳地开放，五彩缤纷。几只小鸟在树梢啾啾地鸣叫，婉转如歌声。

我靠在椅背上，举目望着满湖烟色，心是戚戚然的。

以为只是错过了一次，没想到连续错过了无数次。

命运变化万千，让相爱的人分离，却又告诉我们人生何处不相逢，谁知重逢之日遥遥无期，所有事情在生活的涓涓细流中，不由自主地变迁。

那些记忆如同阳光里的青草香，散着一点点的温暖、一点点的青涩，渗进流年里。

我看见秋露凝在微微有些泛黄的草尖，在阳光里晶莹剔透。青春的记忆好似阳光里的青草香呀！这是多美妙的比喻。

我忽然觉得我不写日记是一件失误的事情。有太多的美好就这么无声无息地消失，眼见着流年将我该记住的人和事都无情地带走。我再也找不回他们了。

湖面空荡荡的，而我的心是满满盈着的。有太多的话、太多的情积蓄成一泓碧潭，每一阵风来，都会微波荡漾。

那时候，就像我认为冯碧落不会喜欢我一样，冯碧落也认为我不会喜欢她。

我们俩同时误解了对方。

冯碧落在日记中写道："我与小北根本没有未来，仅剩下的那点情谊也是残缺不堪的回忆。我与他现在的交往没有一丝的越轨。他永远都不知道很久以前的我和现在的我是多么狂热地喜欢他。我知道，现在的他仅仅是怜悯我，同情我。"

日记是写给自己看的。在扉页上的题词也是写给她自己的。她应该没有想到这些日记会辗转到我的手中。

我捧着日记往前走了几步，脚下一滑，身体往前倾，手一挥，所有的日记本竟扑通一声掉入水中。

我愣愣地看着日记本在水中沉下去，一时竟忘记了去捞，心中惘然若失。

沉下去了，统统都沉下去了。

所有的悲与喜，统统都沉下去了。就像很多年前的雨天，我看着她粉红色的伞飞在无边丝雨中，就像很多年后的雨天，我看着她像一片泛黄的落叶飘在我的眼前。

许多往事在我心中叠加，组合成一个荒诞而真实的过去。

我本来可以从她的日记中，得知我原先不知道的那一部分。但是现在，日记本掉入水中并且沉下去了，所以我想一直知道但又害怕完全弄清楚的那一部分事实，永远地缺失了。

这样的缺失，对于我来说，是好事，还是坏事呢？

我不知道。

我不知道她每天在干什么，和什么样的人交往，更不知道她当时是如何想的。我与她就像两个不认识的人一样。

没有人能用记忆完完全全地复原过去，只能找到过去的一部分影子，并且，仅仅是影子而已。

其实，即使有日记本，我也只能了解她的一些方面，不可能知道所有的一切。

实际上，一个人就算时刻陪在另外一个人的身边，也做不到对对方全然清楚。

现在日记本以这样的方式毁了，我在一刹那地失神后，忽然觉得无比的轻松，浑身上下每一寸肌肤都舒舒服服地展开。

我应该要彻底和过去说再见了，不和往事纠缠。

但我真的就这样和从前永别了吗？

我过不去心中的那道坎。

想忘记很多事，我也以为自己忘记了，但是被某个场景突然触发，这些事会在某个时刻，在我的脑海里冒出来。

湖水清冽，我看见日记本在水底和柔软纤细的墨绿色水草纠缠着。

许多事其实早在很久以前已经注定，我注定是要认识她，然后纠缠不清。

说真的，我对她有一种很奇怪的感情。

我知道曾经的我疯狂地喜欢着她，然而，现在，这种感觉淡了，取而代之的是如水草一样绵长的温情。

这种温情就像满湖烟水氤氲在我的四周，等到我察觉，我已经被彻底地包裹起来。

我忘不了她，忘不了光华四溢的青春时光，忘不了杂糅了苦涩以及清甜的岁月。

每次想起她，我就像喝一杯清茶，起先感到一点点的苦，之后在弥漫的清香里，我品尝出了淡淡的甜。

因为我知道，我曾经也青春过。

这个世上有太多人，无数人相逢后又相别。

对于青年人来说，几年的光景就可能改变一切，让彼此的人生面目全非。

转念一想，又冒出一个奇怪的念头，她会不会换一个名字换一个身份变成另一个人，在一个地方默默地等待着和我重逢。

也许，我一转身，她就出现在我的身后。

太可笑了，这怎么可能呢？不过是我的一点痴心妄想罢了。

风在我身旁忽然变得很大，然而一瞬间后，风又停止了，像极了青春时蓦然出现又蓦然消失的念头。

今天虽然有阳光，但是被云霭一筛，只留下朦朦胧胧的白光，如同月亮皎皎清亮的夜晚，所见之景都带上了梦一般的虚无。

我的青春留给我的只有梦。

凝神一看，我的呼吸屏住了，在远处仿佛就站着我熟悉得不能再熟悉的身影。

我看见她在向我微笑，真的，她在朝我微笑。

我忽然觉得我的血液沸腾起来了，在皮肤下浮躁不安地流动。

她一步步向我走来，带着梦游似的表情，步履轻盈，宛如在秋阳下一棵仍然青嫩的芳草。

我使劲揉揉眼睛，心跳得极快，感到无言的恐慌。

半梦半醒之中，冯碧落只是笑着看我，一直笑着，是那种最温柔最美丽的笑。她的眼睛清澈澄明，但目光却是极其散乱的，如同被三棱镜分成的七色光。

周围的空气里流动的都是旧日光阴，风怀旧般地带我们轻轻沿着过去绕了一圈，然后又把我们放下。

最后一次虚构的重逢竟归于了平静，我接受了一切，仿佛是一个陌生人遇到另一个陌生人一般，连一句平平常常的问候都想不到了。

我听见在我的心底有裂帛般的声音，似乎有什么东西在这一刻被完全扯断。

我日里夜里想了她千千万万遍，在一遍遍的想象中，她这个人其实早已经不重要了。

我怀念的不过是我虚构的她，换句话说，就是我以为的她，而她这个人并不见得就是这样。

她头上金色的光环陡然消失，一层层由我的意识加上的美好的外衣，在我面前一层层地剥落，像风中细长的芦苇，东摇西摆的。

我忽然觉得苍凉，这就是我延续了多年的执着，竟发现爱到最后就成了淡然。

我一遍又一遍怀念的，只是我永远失去的过往。

但这些过往，最终永恒地消散于世间。

沙茶面

四月的厦门，风和日丽。

顾西西戴着墨镜，站在海边，粼粼的波光，在日色里泛着起伏的光。

眼前是宁静辽阔的大海，隔了一条环岛南路，她的背后就是热闹的曾厝垵。

顾西西在海边站了一个小时，站进了黄昏的暮色里，酒红色长裙的下摆在风里头轻轻摇曳。

过了很久，她叹了一口气。

作为一个从业十二年的程序员，顾西西一直兢兢业业地工作，工作蒸蒸日上。却没想到公司会突然优化人员结构，然后她就被解雇了。

这还不是最糟糕的，她本来准备和男朋友结婚，按照男朋友要求，取了所有的积蓄出来，把现金交给男朋友，准备一起买房。哪里知道男朋友拿走了钱，转头就娶了二十岁的小娇妻，不仅矢口否认借钱的事，还倒打一耙，说顾西西花了他很多钱。

失业又失恋，还没了钱。

顾西西觉得自己人生的天空都黑了。

好在公司给了法律规定的那笔补偿金，顾西西走得干脆。

事已至此，不和烂人烂事纠缠，是她能维持的最后体面。

坐高铁一路向南，顾西西来到厦门散心。

然后，她就站在这里看海。

无数的想法在顾西西的脑子里闪过，就跟天上丝线般的云一样，飘忽不定。

她想找个人说心事。

可把通讯录从头翻到尾，顾西西却发现没有一个人，她可以放心去说真心话。

明明她的微信好友有一千零一个人啊！

顾西西又叹了一口气，把手机收了起来，感觉自己的内心像海里的孤岛。

她又站了一会儿，才慢慢地转过身，朝曾厝垵那边走。

这一带有不少当地小吃。

小巷里两边的店铺，人声鼎沸。

烧烤店里，烧烤架子支起来，炭火烧得正旺，鱿鱼串在铁丝上滋滋地冒着热气。熟食铺中，秘制烤翅、特色烤肉、香酥蟹被温暖的灯光一照，显得格外诱人。奶茶店前很多人排着队，最新款的饮品正做特价。

烟火味十足。

顾西西的心一下子放松了几分。

她瞅了瞅，街道两边店铺的招牌围上了一圈彩灯，在夜色里闪烁出七彩的光。

沙茶面的牌子就在路中央上方最显眼的位置。

顾西西摘下了墨镜，走进了这家店，要了一碗沙茶面。

店里就摆了八张方条桌，几乎是坐满的。

顾西西找了一个空位坐下来。

等了一会儿，店员就端了碗面到她跟前。

店员说："您的面到了。"

顾西西说："谢谢啊！"

沙茶面是当地的一道传统的风味小吃，很有闽南特色，面中加了由鱼虾葱姜蒜等食材制成的沙茶酱，汤汁也很鲜美。

她低头喝了一口汤，汤汁鲜香微辣。里头的虾个头很大，看着就很有食欲。顾西西津津有味地吃了一个大虾，搅动了一下面，发现里面还有虾丸、鱼丸、蟹棒、豆芽、香菇这些。

还真不错呀！

春夜的海边，有薄薄的凉意，但小店里却是热热闹闹的。老式的电风扇转着头，散不去里头的热气。

店铺里放着闽南小调的曲子。顾西西听不懂歌词，只觉得曲子缠绵婉转，越听越有味道。

周围有人起身，很快他吃过的碗筷被店员收拾了，再有人进来落座。

顾西西慢条斯理地吃着汤面，看了一会儿人来人往，整个人都是暖的。

她问："这里还有什么好吃的？"

店员笑着说："我们家可以加料的。有腊肉、油条、蛋饺、鹌鹑蛋、牡蛎、蛏子、鱿鱼等等，都可以加的。"

顾西西说："那我再加鱿鱼和腊肉。"

店员一边送着面，一边爽利地说："我们这牛肉羹味道也很好。很多客人都喜欢。您要不要也来一份？"

顾西西说："那就再来一小份牛肉羹。"

这家的牛肉羹肉很多，还很软嫩，里面加了胡椒粉，很好吃。

生活继续，总是要吃饱饭才有力气过下去。

人间食事，抚慰人心。

这样蛮好的，顾西西的心情好了起来，嘴角微微上扬。

她拿出包里随身携带的小镜子看了一下自己。镜子中的她，脸色红润，眼睛也有光彩。

这一趟厦门，她算是来对了。

到底她也才三十岁出头，哪怕人生跌了一个大跤，掉进了谷底，后头还有几十年的岁月。总不能她现在年纪轻轻地就放弃自己吧！

没时间去自怨自艾，她还是可以去努力一把的。

这个世界那么大，总有一个地方容得下一个一直努力的她，不是吗？

最甜的你

　　一场大雨后，庐州的暑气消散了大半。阳光从薄薄的云层里洒下来，满地浮光碎金。

　　商业街两侧，店铺里商品琳琅满目，来往人群挤挤挨挨，热闹得很。

　　甜品店里，冷气很足。

　　苏小寿坐在卡座上，开着电脑制图。

　　公司临时通知她加班。

　　诗和远方近在咫尺，而生活就在键盘之下。苏小寿已经习惯休假也背着电脑。

　　图很快就制好。她给主管发了过去，然后点了一份冰粉。

　　冰粉上头放了红豆、椰果、西瓜丁、芒果丁、山楂碎、花生碎、葡萄干，淋了两勺红糖水，看着就很香。

　　苏小寿吃了一大口下去，冰粉又凉又甜。

　　两年前，她果断离开何氏设计公司，在和霍元泽的离婚协议上签了字，换了所有的联系方式，带着苏晓秀来到了庐州。

　　苏小寿特别能吃苦，在公司业绩好，挣得多。

　　她兼职当网文写手，又有一笔收入，再加上之前的积蓄，便凑出来新区房子的首付。

房子不大，套内面积六十五平方米。

她打算隔断成三室一厅，她一间、爸妈一间、苏晓秀一间。

连轴转很累，熬到现在，稳当的日子有了眉目，苏小寿心里是说不尽的满足。

这时，她的电话响了。

苏小寿赶紧放下书，掏出手机一看，是主管打来的。

她不是很想接电话。

下一秒钟，苏小寿按下了接听键，客客气气地说："赵哥，图哪里需要改？"

赵哥说："小苏，公司没了。"

苏小寿脑子"嗡"地一下炸开了。她几乎都不敢相信自己的耳朵，说："赵哥，怎么回事？"

赵哥说："刚才朱总过来说的，没说什么原因，就说公司倒闭了。让我们把东西收拾一下，明天就要腾空了。你赶紧回来拿走你自己的东西吧！"

苏小寿都傻眼了。才一天没上班，怎么公司就没了啊？

她刚掏空了积蓄买了房子，每个月要还一大笔房贷！

苏小寿问："那我上个月工资怎么算？"

公司是每个月十号发上个月的工资。

现在是八月初，八月的工资，苏小寿可以不要。但上个月，她可是满勤的，还加了很多班，再加上绩效，她应该有不少钱呢！

赵哥说："还能怎么办？凉办！小苏，我在公司等你，你快点过来。"

等苏小寿急匆匆地赶到公司，一层楼里就剩了赵哥一个人在。

值钱点儿的设备都被拉走了，杂物散落一地。

苏小寿问："赵哥，这到底咋回事？"

公司看起来运转正常，根本就瞧不出一丝异样。

赵哥也很郁闷，说："不清楚。朱总带着一群人来搬东西。他说完就走了。他带来的那些人搬设备，我们去问工资的事，他们说设备是给他们抵债的。问了财务，说公司在外头还欠了很多债呢！我们再给朱总打电话，就没人接了。"

公司是有限责任公司，以公司的全部财产对公司债务承担责任。

看这光景，估计他们的工资是要不到了吧。

白干了一个月的活儿，任谁都气不顺。可事情既然已经发生，再去深挖公司为什么会这样已经没有意义。

现在，苏小寿在想下一步该怎么办。

她手头还有八千块的存款，再加上写网文的稿酬，这个月的生活能过得去。

只要她能顺顺利利找到一个交社保的工作，那么日子就能继续。反正在哪儿都是加班干活，她不怕辛苦。

苏小寿麻利地收拾留在公司里的个人用品。

她问："赵哥之后打算怎么办？我们设计部其他人呢？"

这阵子不是找工作的旺季，岗位不多。

她只是一个普通的设计师，以量取胜，水平不算太高，短期内，想找一个心仪的工作确实有些难。

赵哥说："我准备回老家开个打印店，本来就有这个念头。小顾去南江了。其他几个人没说。你呢？"

苏小寿勉强笑了笑，说："当然是去找工作了。赵哥能帮我问问哪家设计公司缺人吗？我对工资要求不高。"

赵哥想了想，说："行，我帮你问问。不一定能成的。"

苏小寿留在这儿的东西不多，就说话这一会儿工夫便收拾好了。她把东西装进一个纸壳箱子里，捧了起来，笑着说："那先谢谢赵哥了！"

她并没有对赵哥抱太多的期待。大家只是同事，比陌生人稍微熟悉一点罢了，彼此之间都保留了太多。

赵哥说："等下，我们部里一起吃个饭吧！就在附近的阿龙烧烤，这顿我请。"

苏小寿有些意外。她在赵哥手下干了两年，这还是赵哥头一回组局。

她说："好啊，不过我得回家一趟。"

赵哥说："你就住公司附近吧。"

他坦然地接过纸箱，说："六点半才吃饭，我先送你回去。"然后，他笑了笑，说："我们算起来差不多是老乡，隔壁市的，相距也就一个多小时的路。"

赵哥只是长得成熟，实际上也就比她早两年工作而已。

苏小寿敏锐地察觉到赵哥在示好，但他们之间是不可能的。

她笑着说："谢谢赵哥，等下在门口的小超市把我放下来吧。我要买午餐肉罐头和桶面回去。我姐姐突然想吃。"

赵哥饶有兴趣地说："你和你姐姐住一起呀？之前怎么没听你提过。"

苏小寿说："她双腿没了，在医院康复治疗，虽然现在生活还不能完全自理，但比最初好多了。"

她微微叹口气，说："本来还想早点把父母接过来，他们身体都不大好，这边看病方便。但现在我还是先找工作吧。赵哥，谢谢你啊!"

然后,苏小寿就看赵哥的笑容迅速地淡了下来。

人家赵哥正拼事业,想找的是帮手,而不是累赘,知道她家里的光景后,自然会知难而退。

赵哥若无其事地夸了两句,说:"你挺不容易的。"

苏小寿笑了笑。

她没有诉苦。都是在这个世上讨生活,谁又比谁容易呢?左不过是如人饮水,冷暖自知。

设计部的这顿散伙饭吃得多少有些意兴阑珊。

顾西西哭得妆都花了,说:"我们再见也不知道什么时候了。"

不出意外的话,这桌人出了烧烤店,就是天南地北地散落,再也不会凑到一块了。

苏小寿也有一瞬间的伤感,一路颠沛流离,她好不容易才有栖身之处,现在又要重新找工作。

小陈说:"我买了票,明天就回老家,准备国考。"

小李直接说:"我参加了我们市里的事业编招考,已经考上了。"

顾西西撇撇嘴,说:"工资不高吧,而且我听说生活一眼望到头。"

苏小寿喝了半杯酒,脸上红晕,眼神里是妩媚的迷离。

其实,能过上一眼到头的稳定生活,也是一种福气。如果情况允许,她更希望稳定下来,而不是像现在这样拼命工作。

可她不拼不行,家里人的日子,苏晓秀的医药费,都指望她。

赵哥凑近了苏小寿,酒气喷到她脸上,说:"你就不考虑回去吗?老家那边生活压力会小很多。"

小地方是安逸些，但工资不高。

苏小寿笑着说："我在这儿房子都买好了。"

赵哥醉眼看去，只觉苏小寿比平时一本正经工作的时候漂亮多了，尤其是那一双水汪汪的眼睛，如两枚银丸闪着光。

他嬉皮笑脸地笑着说："好！敬我们未来的苏大设计师！走一个！"

苏小寿喝了口酒，没有吞咽，用卫生纸擦了擦嘴，悄悄地将酒吐了出来。

推杯换盏了几轮，苏小寿没真喝多少，一直清醒着。

旁边的顾西西说话不利索了，半个身子往她身边靠。

苏小寿扶住了她，说："我送小顾先回去吧。"

赵哥哪里肯放，过来拉扯。而顾西西步子踉踉跄跄的，张开嘴，"哇"的一声，吐了赵哥一身。

赵哥赶紧后退，脸色很难看。

苏小寿稳稳地扶住了顾西西，说："我打车送她回家。"

到了小区门口，顾西西推开出租车的门，转过脸，笑嘻嘻地说："苏姐姐，以后你也要保重呀！"

她眼神清澈，口齿清楚，哪有半分醉酒的样子。

苏小寿没有刨根究底的意思，说："谢谢！你也是。"

这两年，苏小寿带着苏晓秀租在城乡接合处一个老小区的顶楼。

这个房子是房东从原来阁楼隔断出来的。

房子不大，总共也就不到四十平方米；层高不高，也就两米多一点，但胜在设施齐全、租金便宜。

苏小寿开门进屋，发现苏晓秀已经挂着拐杖站起来了。

几年下来，她已经能灵活自如地用拐杖了。

苏晓秀说："我吃好了，给你下碗面当夜宵吧。"

她比从前胖多了，散着头发，头发乱蓬蓬的，套了件睡裙，裙子下面空着，没有了双腿，和当年精致纤细的校花判若两人。

苏小寿赶紧说："你放着吧，我自己来！"

苏晓秀的笑容很轻很薄。她倔强地说："我来！这样我才觉得自己不是一个废人。"

苏小寿便没有阻拦，就说："那我先去洗澡吧。"

奔波了一天，没有换衣服，苏小寿觉得浑身黏糊糊的。

洗了一个热水澡，又换上睡衣，她才觉得舒服许多。

她吹好头发，就见苏晓秀用双臂夹住拐杖作为身体支撑，双手捧着碗，颤颤巍巍地将一碗面端到餐桌上。

普通人很容易完成的动作，她完成得特别艰难。

苏晓秀很高兴，说："我做到了！"

苏小寿跟着笑着，说："晓秀！你真棒！"

苏晓秀说："快来尝尝我的手艺！"

熬过了最初自怨自艾的日子，她逐渐接受了现实，积极面对。

除了去医院，平时苏晓秀就在出租屋里自己做康复训练，虽然足不出户，但一天天坚持下来，效果越来越明显。

苏小寿赶紧吃面，虽然面条淡而无味，但她依然满口夸赞，说："做得真好吃！"

苏晓秀挪到轮椅上坐下来，一甩头发，笑着说："我就说吧，我学什么像什么！"

苏小寿不打算提公司倒闭的事，免得苏晓秀担忧。她含含糊糊说："这几天会早出晚归，打算攒装修费。"

苏晓秀认真地说："我赔偿款再加上每个月补助还剩下一万

多。装修费，我也出！"

苏小寿打断她的话，说："不用！那些钱你自己留着，以备不时之需！晓秀，你现在还跟我客气个啥？"她笑着说："明年这时候，咱们就能住新房了。新房有电梯，你想出去逛，我就可以推着你出去！"

苏小寿知道的，苏晓秀能自己来做的，绝对不会麻烦她。

知道下楼很麻烦，苏晓秀当年那么一个爱玩爱逛的人，愣是一个劲地说喜欢在家里。

这几年朝夕相处，两个人有点相依为命的味道。

苏晓秀红了眼圈，说："好！"

苏小寿吃好后，便去麻利地洗碗。她说："装修效果图，我设计了三版，你看看哪个好？"

苏晓秀说："简单装修吧！我记得你喜欢白色系。"

苏小寿笑笑，说："喜欢什么都可以说的！"

现在这样好，她自食其力。虽然辛苦多了，但她连呼吸都觉得是自在的。

风里有了初秋味道的时候，苏小寿找到了新工作，在一家创业公司当美工。

苏小寿待了一个月后，大体上把公司情况摸得差不多了。

公司规模小，连老板也就十来个人，但小也有小的好处。在这家公司里就没那么多勾心斗角的烦事。

当然彼此之间的暗暗争斗也是有的。好在是创业公司，同事们都有分寸，不至于为了斗而斗，只是在公司大利益的总体框架内略有些摩擦罢了。

这样就很不错了。

苏小寿是来工作的，又不是来交朋友的，同事们能一起把事情做下去就可以。

她不怕加班，只烦公司里无效的争斗。她巴不得能多加班，多有工资，可以快点攒够装修费。

能有这样的工作氛围，苏小寿已经感到很满意了。

拿到第一个月工资，她循着公司的老规矩，请大家喝奶茶。

吸着奶茶，同事们都嘻嘻哈哈起来，连老板也放下架子，给大家放了十分钟的假。

在这里，苏小寿没有提自己毕业于南江大学的往事。

名牌大学的学历在这样的公司，可不是什么加分项，反而会让老板觉得请不起她这样的人。

苏小寿拿出来的文凭是刚拿到手的自考设计本科，就是公司大部分员工的学历，混在人群里，并不显山露水。

人嘛，总是要合群才好。

有了工资，再加上稿费，苏小寿便有了底气。下了班，她直奔菜市场买菜。

黄昏时分，菜市场的菜没有早上那么新鲜，但苏小寿依然逛得十分高兴。

她就喜欢在各个摊子之间辗转，瞧着活蹦乱跳的鸡鸭，看着水里冒泡的鱼虾，捏着一块还算新鲜的肋条肉，再去挑挑拣拣红彤彤的辣椒、碧莹莹的青菜、嘎嘣脆的萝卜。

烟火气扑面而来。

寻常的日子活色生香、有滋有味。

回到家，苏小寿赶紧动手去做菜。

电磁炉上，排骨在砂锅里咕噜噜地冒出热气，香喷喷的。

她把红辣椒、豆腐干、火腿切片，下油锅爆炒，装盘后，在上面撒了青色的葱花。

早上，苏小寿煮了冰粉，放在冰箱里冷藏，现在正好可以吃了。

她小火加水熬化了红糖，再拿出两个玫瑰花形状的玻璃碗，把冰粉舀到碗里，给冰粉浇上三大勺红糖，再撒上葡萄干、碎花生、玫瑰花干，拌了一下。

苏小寿说："晓秀，吃饭啦!"

苏晓秀笑了，说："冰粉做得真好! 我说啊，你是不去开小吃店，你要是去开的话，肯定生意兴隆。"

苏小寿说："上次吃了觉得好吃，就在网上搜了教程。以后想什么时候吃，我就可以自己做着吃了。"

关键是省钱。

自己在家做的成本可比在店里吃一碗冰粉的成本低多了。

苏晓秀说："你今天很高兴啊!"

苏小寿笑着说："对啊! 有笔出版社的稿费到了，税后一万出头吧!"

本身工资有三千多元，再加上网文订阅的一笔分成收入，她这个月挣了一万六百元!

要是每个月都能这样挣钱，装修费就有着落了。不过这样的好事，不是每个月都有的。绝大部分时候，她都是拿着微薄的酬劳，过着拮据的生活。

苏晓秀说："早点装修吧，我看网上说，装修耗材在涨价呢!"

不仅仅是装修费会涨，房价也在涨，苏小寿这房子买得值了。

苏小寿津津有味地吃了块排骨，又夹了辣椒片豆腐干片火腿片到碗里，再把排骨的汤汁浇到饭上，欢欢喜喜地吃了碗饭。

她又去吃冰粉。

红糖管够，配料很足，她觉得自己做的冰粉甜极了。

到了深夜，苏小寿写了万把字的小说，伸了一个懒腰。

网站对全勤有奖励。她平时白天有工作，时不时还要加班，一有空就多写点，攒够小说存稿。

苏小寿打开窗户，清爽的秋风吹了进来。

台灯散发出暖黄色的光，苏小寿打算继续写。

她泡了一杯咖啡，捧着咖啡杯，一小口又一小口地啜饮着滚烫的咖啡。

这时，她的电话响了。

清静的屋里，突然有这样突兀的声音响起，苏小寿吓了一跳。

她看到了来电显示，是南江那边打来的电话。

苏小寿掐掉了电话。

几秒钟后，又有电话打过来，新的号码，依然显示是南江那边的，好像她不接，对方就会不依不饶，一直打下去。

她只好接电话。

电话那头是一个熟悉的声音。

叶诚温柔地说："苏学姐！"

苏小寿愣了两秒，说："叶诚，你怎么突然找我，有什么事儿吗？"

电话那头，叶诚在低低地笑着，说："你往下看。"

苏小寿从窗户往下看，有个男人站在楼下花坛边，朝上面挥了挥手机。

苏小寿瞪大了眼睛。叶诚怎么跑到这里来了！

苏小寿说："你等一下。我就下来。"

她急匆匆地套了件外套，拿了钥匙，然后轻轻地带上房门，出了门。

很快，苏小寿就到了楼下，看见叶诚站在那儿。

很久没见，叶诚瘦了一大圈，面容棱角分明，穿着休闲的蓝色 T 恤衫，旁边有个硕大的行李箱。

叶诚看着她。

两年没见了，苏小寿整个人自信了许多，变得更漂亮了，尤其是那一双眼睛，熠熠有光。就是她这衣品，还是很一般。

苏小寿裹紧衣服，无奈地说："到底什么事？非要大晚上过来说！"

叶诚摊了摊手，说："我被赶出门了，没地方去！"

苏小寿瞪大了眼睛。她很奇怪地问："怎么可能？你家不是在南江吗？应该很有钱吧？你怎么突然来庐州啊！"

叶诚说："在家总是吃白饭，给赶出去了呗！苏学姐啊！我身无分文，在庐州就只认识你一个人啊！你总不至于眼睁睁地看我露宿街头吧？"

苏小寿静静地看了他几秒。

她叹口气，说："好吧！跟我上楼！轻一点啊！"

叶诚欢呼起来："好嘞！我就知道苏学姐人最好了！"

他欢乐的样子，活脱脱像一只在吐舌头的哈士奇。

日子好不容易平静下来，苏小寿就开开心心地装修起了房子。她本以为这样平和的日子能继续下去，但清明节后，苏小寿准点到公司，发现整个公司的气氛怪怪的。

坐在隔壁工位的李姐凑过来说："小苏，老板把公司卖了，今天新老板就要到了。"

苏小寿愣了愣，说："啊？"

李姐说："也不突然，咱们公司搞了三年了，效益一直不好，老板一直往里贴钱。现在他能有机会变现，肯定就直接变现了。"

果然，过了一会儿，财务黄哥很狗腿地拉开门。西装革履的新老板神清气爽地走进来。

这是一个三十岁出头的男人，圆圆的脸，肚子很大。

黄哥扯着嗓子喊："开会了，开会了！顾总到了。"

李姐他们迅速拿起本子和笔拐进了会议室。

苏小寿慢了一步，就落在后面，进去的时候，发现就剩下最边上的位置还空着。她也赶紧坐好。

顾总已经在老板椅上坐了下来。

会议室里鸦雀无声，所有人的目光都集中在他的身上。

顾总的手指轻轻扣着桌面，说："都自我介绍一下吧。"

黄哥抢着第一个发言，说："顾总，我叫黄东，在公司里主要负责财务，还有办公室的一些相关工作。对公司的整体业务也有相应的了解。公司主要是从事设计外包、服务客户。"

老板可以把公司卖掉，转身走人。年轻的员工也可以分分钟辞职，反正外头一般的工作多的是。但是像黄东这种四十来岁的人，熬到了一定的职位，离开了这家公司，想要再去找差不多的就很难了。

于是，黄东不遗余力地在顾总面前表现，想力保自己现在的位置。

黄东一边说一边留意着顾总的脸色，见他没有流露出不耐烦的表情，悬着的心放下了一半。他说："公司十五名员工，我，六个销售，两个设计，四个安装师傅，一个前台，一个管保洁做午饭的阿姨。"

黄东把在座的每个人都点到了，俨然一副公司大总管的派头。

销售的领头章哥摆好架势，准备找个机会赶紧发言。

这时，顾总指了指苏小寿，笑着说："你来介绍一下自己吧！"

苏小寿一愣，说："顾总好，我叫苏小寿，是设计，来公司大半年了。"

她已经感受到同事们的眼光默默地打量着顾总和她了。

尤其是黄东，那一双眼睛滴溜溜地转着，不知道在想什么。

顾总说："小寿啊，交给你一个任务，等下给我设计一个名片吧！做好直接给我看。"

公司是很小，但是也有等级。一般员工是不会直接对接老板的。除非是大事，老板才会过目。

平时苏小寿做好的设计是先给李姐看，然后由黄东把关，之后销售就送去给客户看了，再根据客户的意见反反复复修改。但今天，新老板却越过他们，直接和苏小寿联系了。

最要紧的是，在公司里面，人人都喊她"小苏"，而顾总却喊了她"小寿"。

苏小寿差点栽在桌子上。

太惊悚！尤其是顾总的笑容，笑得特别荡漾。

苏小寿余光瞟过，已经看到有年轻的同事绷不住，悄悄地笑了。

章哥说："顾总，李姐是设计师，在大公司干过，水平更好。"

他心有不甘才去抢话头，但刚说出口，他就后悔了。

这哪里是设计的水平问题，分明是顾总就希望是苏小寿去做！

黄东是老江湖，若无其事地说："小苏啊，顾总交给你的任务，你要专心设计啊！"

言下之意是，今天其他工作就不要派给她了。

苏小寿不情愿。

多劳多得，她还指望多干多挣点呢！

顾总满意地点点头，说："黄经理，平时公司运作就仰仗你了。晚上订一个大桌，我请大家聚聚。"

黄东一脸喜气，说："好！"

之前，他虽然管着公司的日常事务，但毕竟没有名头，名不正言不顺，管理起来总有点磕磕绊绊。尤其是销售的章哥，和他面和心不和。现在有了顾总这句话，黄东就可以稳稳控场了。

今晚，他要好好安排，务必安排到老板的心坎上！

顾总随口勉励了几句大家要好好干，为公司奋斗，然后就走了。

众人回到了自己的座位上。

李姐瞥了苏小寿一眼，打开了软件，一声不吭地修图。

苏小寿很不自在。

做名片技术上挺简单的，但这个事不是技术上的事。

李姐是一个很不错的前辈同事，对她颇为照顾。苏小寿态度低调谦虚，做足了新人的姿态，李姐也很满意。但这一刻，她们相处起来就有些尴尬。

苏小寿想说点什么打破沉默，但是发现自己说什么都不合适。

黄东走到她的工位边，递给她一张纸，笑着说："这是顾总的信息。你做好，直接给他发。"

苏小寿忙说："黄经理，我没有顾总的联系方式。我尽快完成到时候请李姐，还有您把关。"

黄东笑了，说："不用，这就是顾总的电话，你直接给顾总发。"

跟章哥走得近的销售小王正好路过听到。

她慵懒地撩起烫得卷卷的褐色卷发，妩媚一笑，说："年轻漂亮就是好啊！"

苏小寿知道她说的是什么意思，想要解释，发现自己完全解释不了。

她没搭理小王，只是对黄东赔着笑，说："黄经理，我年纪轻，没有太多经验，还是得请您把关，请李姐指点。我做好后，一定请李姐看后，再请您看。"

她只能做到这个地步了。至于别人怎么想，她也管不了。

李姐笑着说："我今天手头事情太多，小苏你给黄经理看吧！"

李姐瞧着那光景，赶紧委婉拒绝，并不想掺和这趟浑水。

这些日子相处下来，李姐也知道苏小寿是那种正经工作的女孩子，也蛮欣赏她的勤勉。但是李姐不可能跟自己的饭碗过不去，能做的顶多就是不为虎作伥。

黄东见好就收，并不想逼苏小寿太过。毕竟万一哪天她真跟了顾总，日后忆起今日，吹起枕头风来，他吃不了兜着走。

总得苏小寿自己心甘情愿才行。他也就是个敲敲边鼓的。

能成，合了顾总的心意，他就看看能不能捞点好处。不能成，那他就装个糊涂当没有这回事。毕竟，这种事是不会放到桌面上明说的。

黄东说："行，做好给我看看。"

苏小寿松了口气，她是来公司打工的，还是遵守上下有序的规则好。

她说："谢谢黄经理。"

黄东很自然地说："你别先急着谢我。到时候晚上点菜，还得麻烦你跟着一起看看。"

意思是，晚上的聚餐苏小寿非去不可了。

苏小寿笑着推脱，说："黄经理，我不太会点菜。而且今晚，我家里还有点事。"

她听懂了黄东的意思，但还是想试一试，看看能不能不去聚餐。

苏小寿好不容易重新建立朋友圈，也有了新的生活圈。

在这个圈子里，她的名声很好，小日子也越过越好，并不想惹事。

黄东看得分明，聚餐少了谁也不能少了她！他说："小苏，克服一下啊！顾总请客，咱们公司上上下下啊，一个都不能少！"

话都说得这么明白了，苏小寿拒绝的话，就是不想在这个公司干下去了。

苏小寿犹豫了。

她是可以立即在这个公司辞职，但是她只做一个网文写手的工作，稿费刚刚够还房贷、付装修费，可家里还有人要吃饭。

于是，苏小寿说："好。"

晚上的聚餐在附近的一家大酒楼的包厢里。

苏小寿没有打扮。

小王好好地收拾了一番自己，化了精致的妆，春天里穿着轻薄的夏裙。那裙子很贴身，勾勒出她玲珑有致的曲线。

黄东说："小苏，你去看看点什么菜吧！"

这是一家川菜馆，主打川菜，在这一带很受欢迎。楼下大厅人都坐满了，包厢也差不多被订光了。黄东还是托了朋友，才订到的这间。

黄东已经点了一连串这家酒楼的招牌菜，有馋嘴鱼、辣子鸡丁、水煮牛柳、红烧肘子、回锅肉。

苏小寿说："点几个不辣的菜吧！"

她不想在包厢里待着，磨磨蹭蹭地翻了一遍菜谱后，干脆走到后厨，对着食材点了清炒萝卜菜、茭白木耳，还让酒店赶紧做蒜蓉粉丝蒸白菜，再添一个海鲜一锅炖。

苏小寿说："这几个菜千万别放辣，做菜的锅要多洗几遍，洗干净了。"

黄东笑了，说："小苏，你不是皖南的？那边应该也是吃辣吃咸的。"

苏小寿说："加点清淡的，搭配起来吃比较好。"

黄东心里觉得苏小寿有点不懂事。让她来点菜，以为她会象征性点一个，没想到她竟真认认真真地点起菜来，而且在以辣著称的川菜馆专点不辣的菜！

来之前，黄东上网搜过。顾总大概是名不见经传的小老板，网上往后翻了十来页，都没有信息。

既如此，黄东就按照大多数人喜欢的来了，总不会出大错。

本来这事销售章哥会冲在前面，但现在新老板点了黄东出来负责，章哥就往后退了。

黄东又点了酒饮，酒是两百多一瓶的那种白酒，饮料是雪碧、可乐、椰子汁。

到了时间，顾总就来了，身边带着一个小伙子。

他介绍说："这是舒杰舒总监。以后我不在，他会不定期监管公司。"

黄东对于这个局面没有意外。

老板喜欢养蛊，一养养一对，从前有他跟章哥，现在也会有他和舒杰，不可能让一家独大。

舒杰捧着一个大纸箱子，打开，里面是矿泉水瓶。

瓶子里面大半是透明的液体，另外一小半是红色的液体，另外的两瓶里面装的是黄色的液体。

他给男员工们一人发了一瓶透明液体的矿泉水瓶，在女员工们跟前放红色液体的矿泉水瓶。到了苏小寿跟前，他递过去黄色液体的矿泉水瓶。

舒杰说："白的是白酒，红的是红酒，黄的是芒果汁。"

这是对苏小寿明目张胆的偏护了。

小王不满意，摇曳了一下身体，嗲里嗲气地说："舒总监，人家也想喝芒果汁嘛！"她说着，伸手就去拿。

舒杰挡住了，将那芒果汁瓶放到了顾总那儿。小王闹了个没脸，悻悻地坐下。

舒杰殷勤地给顾总的杯子里倒了大半杯芒果汁。

等所有人坐定，顾总举起杯子，笑着说："大家好，秋天是一个丰收的季节，我很高兴此时在庐州与各位有一个完美的相遇。我们公司第一次集体聚会，希望大家能够尽兴。今后同心同德，砥砺奋斗，为我们公司再创佳绩。业绩好，年底我给大家发红包。好，现在大家举杯，为了明天，干杯！"

众人一阵欢呼，热烈鼓掌。

陪老板吃饭是工作的一部分，谁也没把顾总的允诺当回事。

都是混职场的，要把老板张口就来的大饼当真就是傻了。

当然，众人脸上都是一副深信不疑的模样。

苏小寿喝了一大口，这芒果汁味道很纯正，口感很好。

推杯换盏了三轮，场面上热闹极了，满桌的人都有了醉意。

顾总和苏小寿是清醒的。

尤其是顾总，端然而坐，半眯着眼睛，面带微笑，饶有兴致地看着一群人在卖力表演。

黄东看出来顾总对苏小寿有意思。

他瞧着，这满满一大桌菜，顾总就没吃多少，也就动了那几个不辣的菜。

这苏小寿还真是歪打正着。

黄东有心巴结，说："小寿，我们都醉了，等下你去送顾总吧！"

他是在制造机会，把苏小寿往顾总身边推。

小王酒量很好，脑子没糊涂。她把上衣的领口往下拉，直接站了起来，媚笑着自荐，说："顾总，我没有醉，我送您吧。"

有人自告奋勇，苏小寿想往后缩。

顾总笑了笑，说："小寿，等一下一起回去吧。正好说一下名片的事，我有几个地方想让你修改一下。"

老板发话，小王只能坐了回去，朝着苏小寿翻了一个白眼。

改名片？这又不是什么十万火急的事。顾总并不着急用。

明天白天什么时候不能改啊？非要大晚上去改。这就是个遮羞布吧。

苏小寿不想答应，不然公司里就有风言风语了。

庐州做这一行的也就这么些人，组成了一个很大的社会关系网，会互相通气的。

一个人一旦声名狼藉，想要再次重塑声誉，那要花费很大的力气。

苏小寿已经没有力气再从零开始了，她很珍惜现在拥有的一切。

苏小寿微微一笑，认真地说："顾总，我不会开车。而且家里的姐姐和弟弟在等我早点回去。"

她想过了，她到底是凭技术吃饭的。只要她继续努力刷技术，技艺更好，不怕吃苦，她总是有工作可以做的。大不了她出来单干，就在网上匿名接单。

当然，现在事情还没到那个地步，她暂时不用辞职。

顾总没意外她的拒绝，也不生气，笑着说："那行。回去路上慢点。"

他们的互动落在其他人眼里就有了别的意思。

黄东觉得苏小寿拒绝得太理所应当！

至少在座的其他女的，不想去，都会找一个更加像理由的说法，很委婉地处理这件事儿。事关饭碗，总是得留有余地才好。

明明苏小寿只是一个很一般的设计师，替代性很强，市场上可以招到很多她这样的人。即便是李姐这种设计水平很高的设计师，在老板面前也都是很谦逊的。

其他人也都在观察。

小王咬了咬嘴唇，心里愤愤，别人求都求不到的机会，这个苏小寿居然轻易放弃了！可她心里再不爽，脸上还是妩媚地笑着。

顾总八点半就放众人走了。

苏小寿记挂着苏晓秀，还有不会家务的叶诚，又想快点赶回去更新网文，一出酒楼，就赶紧往公交站台跑去。

她刚到公交站台，就看见一辆奔驰车开过来，在她的旁边停下来。

车窗摇下来，是顾总。

他笑了笑，说："小寿，快上车。"

苏小寿往后退了一步，客气地笑着说："顾总，谢谢！等下我坐公交车回去。"

顾总轻轻一笑，说："上车。"

苏小寿嘴角微抽。

她和顾总不熟吧！

顾总笑着说："上来，我送送你。小寿，我就是觉得你看着投缘。"

这话听着就怪怪的。苏小寿尴尬地笑着说："真不用。您忙。"

顾总手指轻轻地扣了一下方向盘，笑容里有几分油腻，说："上车呗！不然我停这儿，公司里其他人正往这边走。"

苏小寿犹豫了几秒，还是拉开车门，上了车。

反正，虽然她人瘦但力气不小，徒手撂倒个男人没问题。

真要顾总起了其他心思，她也不怕，总比这会儿给人看见强。

这里是庐州的近郊。

房子低矮，灯火零星，过往的车辆也不多。

顾总笑笑，全方位展示自己成功人士的魅力，说："我正开发这一带，过两年，这里就会繁华起来。"

他停顿了一下，笑着说："瞧我，下了班还在说工作。这些年，我都忙着工作，几乎天天忙到深夜。"

余光瞥过苏小寿，顾总轻轻地说："忙的时候还好，到了夜里闲下来，就想有个知冷知热的人。"

苏小寿的脸色沉浸在夜色里，晦暗不清。她微微叹口气，声音很轻很软，飘浮在浓郁的深夜中。

这剧情还真是不意外。

这世上，哪有那么多深情似海的高富帅，多的是打出感情牌撩妹的中年油腻渣男。

苏小寿没有接话，全程像个木头。但愿顾总觉得索然无味，能放过她。

说实在的，苏小寿一直不喜欢跟一群人出去吃饭。因为吃一顿饭总是要花两三个小时，特别耽误时间，有这工夫她都可以多写五千字了。但她出去打工，总得陪上司跟同事吃吃饭，联络一下感情，便于以后开展工作。毕竟有些事情，适合在觥筹交错间说。

现在，被迫营业结束，苏小寿不想搭理顾总，只想回家安分写稿。

苏小寿以为自己的态度已经很明朗了。但没想到接下来的日子里，顾总见她没有反抗，得寸进尺，点名喊她去陪吃饭也就算了，饭后还对她毛手毛脚的。

她只是来简简单单工作的，拿一份工资，并不想干别的，也不需要去干别的。

好在顾总没有硬来，这才让她有了喘息之地。

但渐渐地，苏小寿觉得公司的氛围变了。顾总来这么一出，苏小寿一直认为不搭理顾总自然就好了，可不知怎么的这事就传扬开去，同事们看她的眼神儿都变了。

小王冷嘲热讽："有些人呢，看着挺清纯的，私底下，还真是会得很呀！不声不响的，六千块的工资就下口袋了。那个样子，啧啧，我们怎么学得出来呀？"

就连李姐也对她翻了一个白眼。

苏小寿蒙了，说："什么六千块？"

她的工资没有这么多的。

小王"哼"了一声："哎哟，从这个月起要给你涨工资到六干，说你的贡献大！"

黄东立即出来打圆场："说什么呢？小寿是进步快。最近设计出来的作品，顾总很满意。"说完，他还很狗腿地看着苏小寿，意味深长地笑了笑。

这还不如不替她解释呢！苏小寿有苦说不出来。

事情根本就不是他们想象的那个样子。明明是顾总在纠缠她，怎么在其他人的眼里就是她跑去巴结顾总呢？

也对。

他们两个，一个是仰人鼻息的小职员，另一个是高高在上的大老板，怎么看都是苏小寿有求于顾总。

但她真的没那么干啊！

苏小寿深深叹气。

她总觉得自己的工作摇摇欲坠。

又一次被顾总拖去吃饭，苏小寿好不容易才跑了出来，挪着沉重的步伐走回家里。

进房门的时候，苏晓秀正在做肉包子。她的手很漂亮，包出来的包子也很漂亮。叶诚在一边拍摄。

苏晓秀的脸上都是笑容："我们之前拍的制作凉粉的照片被买走了。"

此时，自媒体正方兴未艾。

叶诚拉着苏晓秀成了第一波吃螃蟹的人，居家拍摄，依靠平台，赚得了流量，然后再变现。

说起来容易，但做起来却很难。看着随意自然的照片，其实每张图的构图，光影色彩的对比，苏晓秀的穿搭，制作美食的手法，文案的每一个字眼都经过了他们的精心设计。

这是很吃创意的一行，要用心去制作，出新出彩，做别人没有做过的，才能博得一丝的关注。

开头，他们没有收入，不断地尝试，天天推出作品，熬了几个月，到今天，好歹是有了收入。

叶诚很高兴，挥了挥手里的单反："我还接了个单子，明天去给一对新人跟拍婚礼。"

苏小寿笑着说："那真不错啊。"

苏晓秀注意到了苏小寿的情绪："小寿，你今天怎么了？是不是遇到什么事儿了。"

苏小寿说："没什么。老板比较麻烦。我注意一下就好。"

苏晓秀犹豫了一下："其实，小寿，你要不要考虑做全职写手，然后再接点设计单呢？你专心致志写网文的话，收入应该不错的。"

这个念头，其实苏小寿也有过。

当全职写手的话，她每天就能稳定地更新万把字，状态好，写个两三万字不成问题，再加上设计这一行也做了有些年头，也有一帮朋友，能够零零碎碎接一点小的设计单，一个月下来，收入和现在出去工作差不多。

但她就是底气不足，毕竟有房贷在身，还正在装修，苏小寿做不到那么洒脱。

她总是想给自己再找一重保障，这样万一哪天写不出来了，还能有个兜底。

叶诚说："小寿，你就是顾虑太多。人的精力有限，想做什么工作就放手去做吧。"

苏小寿还在纠结，说："我们装修有好几笔钱还没有付呢。"

叶诚笑着说："我跟晓秀一起凑凑啊！你管我们吃管我们住的，我们不付出点什么过意不去的。小寿啊，工作里头总有不愉快的事情，在不涉及自己底线的时候，那是可以忍受的。但如果涉及底线，那就不要再忍了。因为越忍，人家越当你好欺负，就越不会放过你。"

苏小寿掏出手机，算了算："我签的是保底，千字二十，全职一天能写一万到两万字，努力一把，一个月能挣一万出头。"

主要是她需要寄钱给身体不太好的父母，在装修，得还房贷，又在租房，这里还有柴米油盐的支出。这个收入，就捉襟见肘了。

网文这一行，一书封神是少数。大多数作者们是一本接着一本，从早到晚都在老老实实地码字，拿稿酬，过着普普通通的生活。

这只是一份工作，门槛也没有外头认为的那么低，更没有太多的光环。

苏晓秀说："不开心就不要干了，最近几个月，我看你的笑容都少了许多。小寿，我们两个也会努力的，我们一起好好地把日子过下去！自由职业嘛，毕竟自由一点！我们一点点来，将来肯定会越来越好的。"

是啊，苏小寿是真的不开心。她更喜欢自食其力，而不是靠着男人的施舍过日子。

苏小寿说："我没什么个人物品在公司。那就辞职了。"

苏小寿把心一横，直接给顾总打了电话。

顾总很快接通了，在电话那头笑出了声，说："小寿，那么晚了你给我打电话啊。"

苏小寿说："顾总，我想通了。"

顾总很惊喜，说："我马上过来接你。"

苏小寿说："顾总，我不是那个意思，我的意思是，我决定辞职了。"

顾总说："你可要想清楚啊！现在工作可不好找，像你这种水平，在其他地方拿不到这么高的工资。"

苏小寿心里有数，她这个水准在外头，正常的老板也就是给她开三千元一个月。顾总给的，确实挺多的，但她不愿意。

再平凡的人，也有自尊。靠自己，努力工作，比什么都强。

她说："谢谢！我决定辞职，还请批准。顾总也不想把事情闹得太难堪吧？"

顾总笑了，说："小寿，别不识抬举啊。设计公司也是个圈子。"

意思是苏小寿真往外嚷嚷，那么她的名声也别想好了。

苏小寿笑了，说："我可以换个领域工作，真要闹出来，对谁都不好吧！"

说完，她挂了电话，如释重负。

终于说出来了，苏小寿大大方方地拒绝。往后，她会继续勤奋工作，努力给生活加糖。

顶楼风大，窗户开着，层层叠叠的春风吹进来，轻拂出绵绵密密的花香，弥漫着丝丝绕绕的甜。

最难的日子已经熬过去了。

春天已然浓烈。

纸姻缘

徽州，文家镇。

雨后茅山的竹林青得鲜亮。

凝在竹叶上的雨水，啪嗒一下，滴在刚冒出地面的小笋子上，沿着小笋子的表面缓缓地流下，无声地没入黑漆漆的土壤里。

一双小手轻轻地碰触小笋子，宛如两颗黑珍珠的大眼睛眨了眨，双手握紧笋子使劲地拔，身体往后一仰，扑通摔了一跤，头磕在有手腕粗细的绿竹上。

呜呜地，拔笋子的小女孩哭了起来，穿着的大红碎花粉色夹袄蹭了泥土。

"岫蕙！你怎么了？"一个小男孩的声音在不远处响起，他满是黑泥的手上抱着一大捆小笋子。

当他看到岫蕙在哭时，随手把笋子一扔，扎笋子的鲜草编成的绳子散了，笋子在地上滚着。

他跳过被雨打折横在地上的几杆竹，三步并作两步，跑到岫蕙身边伸出手扶起她："不哭！不哭！哪里摔疼了？"

"继宗哥！笋子拔不出来！这里一点儿都不好玩。"岫蕙嘟着小嘴，脸上还带着泪珠，像带着残留雨滴的竹叶。

继宗歪着脑袋："这里，不好玩哪？那我带你去一个更好玩的地方。"继宗牵起岫蕙的手就往山下跑。

"我们跑出来玩，被家里人发现怎么办？"

"没关系，最多挨大娘一顿骂！"

"你逃学，先生不骂吗？"

"学堂里我告病了。"

他们下了山，拐上一条幽僻的小径，往小溪的下游走，不多时，就到了继宗口中说的更好玩的地方。

他们在河边喘着气，抬眼看了对岸的小岛。

小岛上树木蓊郁，远远地看去，绿色、白色、粉色似烟云一般濛濛的一片，正是繁花盛开的时节。

岫蕙第一次离家这么远，兴奋得小脸红扑扑的。"这是什么地方？"

"桃花岛！岛上的桃花最多了。"继宗得意地说，就像对出了先生出的对子一样得意。

岫蕙拍着手儿："我们怎么过去呢？"

继宗愈加得意，笑着走上前打了一个响哨："四公公，要渡船。"

岫蕙这才看见对岸的小码头边泊着的一条乌篷船向自己划来，船首站着的鹤发白眉的四公公在缓缓地摇着船橹。

到了近岸，四公公改用竹篙，在水里点着，不一会儿就把船停稳了，笑着说："继宗少爷又来了。这位是岫蕙小姐吧！"

继宗跳到船里，像一个小大人似的，把手放在身后："四公公，你这话不对了。我是有正事！大娘吩咐我来看看今年的桃树梨树长得好不好。"

四公公看到继宗一本正经的样子忍俊不禁，哈哈地笑出声来。

继宗向还在岸上的岫蕙招手："岫蕙，快上来呀！"

岫蕙站在岸边犹豫不决："我怕！"

四公公笑着说："岫蕙小姐别怕，我这船稳着呢！"

岫蕙怯怯地迈出脚，一脚踏在船板上，才要跨过去，船却摇晃起来，她一个没站稳差点掉入水中，还好被继宗拉住了。继宗手上一用力，岫蕙就站在船上了。

岫蕙的脸色雪白："吓死我了。"

继宗就笑着刮着脸："羞！连坐船都怕！"就拉着岫蕙坐下。

船是一叶扁舟，紧贴着水面，伸手可触及悠悠的碧水。

四公公竹篙一点，船摆开去，荡起层层涟漪。

在吱呀吱呀的橹声里，四公公问："继宗少爷，继祖少爷什么时候回来啊？"

继祖是继宗同父异母的哥哥，大他六岁，是大娘养的。去年继祖考取了杭州的一所中学，让大娘把头抬得高高的，得意了一阵子。虽然文家是远近闻名的大财主，但能出一个正儿八经的读书人却是几辈子才有的事。文宅的几副对联就出自继祖之手。

继宗掰着指头算了算："还有三个月。大娘说杭州那边的学堂放假了才能回来。"

四公公摇着橹："那继祖少爷来信了没有？"

继宗说："有！大哥写信来说，杭州很大的，什么东西都有。"

四公公也就是随口一问，点点头，手里的橹换成了竹篙，又轻轻地点了几下，就到对岸了。

四公公看着继宗小心地扶着岫蕙下了船，渐渐走远，就坐在船首拿起旱烟吧嗒吧嗒地抽着。

四公公姓文，和继宗是本家。但一族之中，怎可能都富裕。四公公是个积年的鳏夫，家道艰难，就帮继宗父亲文大爷家摆渡补贴家用，儿子阿四包了文大爷家几亩地和媳妇一年到头辛苦耕种，打上来的粮食除了上税和交租，在风调雨顺的年景勉强能填饱肚子。

继宗和岫蕙走在桃树、杏树、梨树相间的林子里，花开了五六成，盈耳的都是蜜蜂嗡嗡的声音。

岫蕙的脸在花海的映衬下更显得红润，指着一株杏树说："你看！粉色和白色的花长在同一棵树上！"

这棵杏树是经过嫁接的，粉白相间的花色在林中很是抢眼，继宗在双手上吐了两口唾沫："我爬上去给你摘一枝！"

岫蕙的"小心"刚出口，继宗就像猴子一样爬到树上顺利地摘下一枝花，他在树上喊："接着！"就把花枝往下一撂。

岫蕙捡起花忽然想起前几日继宗的生母，文大爷的姨太太萧姨娘吹完洞箫叹的一句"杏花疏影里，吹箫到天明"。她只听懂了"杏花"两字，就说："萧姨娘很喜欢杏花咧！"

"真的？姨娘都没跟我说过！我再摘几枝！"继宗果然又摘了几枝。

虽然萧姨娘是继宗的亲娘，但照着老规矩，继宗只能叫文大爷的嫡妻文太太文江氏为母亲。

一对小儿女各自擎着三四枝杏花在花林地东看看西看看。

"萧姨娘的洞箫吹得好极了。"

"那是当然，要不我和姨娘说一下，让她教你。"

"好呀！"岫蕙咯咯地笑着，但只一会儿，愁云就又笼上她的小脸蛋儿，"姑姑反对怎么办？姑姑说，女孩子应以纺绩女红为要。姑姑好像不太喜欢萧姨娘。上次萧姨娘吹箫让姑姑训了一顿。"

岫蕙是文江氏的内侄女，去年冬天接过来的童养媳，准备十年后和继祖正式拜堂成亲。

继宗撇撇嘴，虽然他还年幼，但他已经明显感到大娘是嫌着他们母子俩的。大娘当着族人的面，"儿"呀"肉"呀叫得可欢了，一把洋糖、几块酥膏的往他口袋里塞。可一背了人，大娘对他就是不冷不热的。

事实也是如此，毕竟继宗是文家的子孙，顾及面子，文江氏最多是骂骂他，但对萧姨娘就不同了。萧姨娘是七年前文大爷贩茶时从苏杭一带买来的小妾。妾通买卖，活着的时候地位低下，死了不进祖坟。

"你怎么不说话了？"岫蕙侧着头问，两个长及肩的辫子在衣服上扫来扫去。

继宗皱起眉说："我不喜欢大娘，她对姨娘好凶。"他只说了一句，就想起新鲜事，把对大娘的不满不消一刻便丢在脑后了："我们学堂新来了一位顾先生！"

继宗上的学堂是文家在祠堂边所设的义学，只收族中子弟。学堂的花费由族中摊，掌管学堂的先生由族中人推举而出。

现在，学堂由文六太公管理，他是前清的秀才，德高望重的老学究。

岫蕙没有见过六太公，但是从继宗的日常叙述中，她知道六太公是一个高兴了捋着白胡子摇头晃脑地念着"子曰"，生气了板着脸用戒尺重打顽童手心的快到六十岁的老人。

她就问："新先生很老吗？凶不凶？"

"不老，和长福差不多大。"

长福是文大爷家的一个二十六岁的男佣。

继宗笑嘻嘻地说:"顾先生一点也不凶,笑眯眯的,很和善!他是从上海来的!上海你知道吗?是一个很大很大的地方。"

"很大?比文家镇还大吗?"

继宗和岫蕙一样,没有离开过文家镇,他凭着想象拉长了腔调说:"当然大了!顶十个文家镇咧!"

十个文家镇有多大呢?

岫蕙闪着美丽的眼睛,她根本想象不出来,在她眼中,文家镇就是整个世界。

"上海的顾先生和六太公就是不一样!他不用戒尺,也不在我们头上敲'板栗'!还教我们念顶容易记的诗,'两个黄蝴蝶,双双飞上天'。可比'予其懋简相尔念敬我众'好记多了!"

"蝴蝶!你看!黄蝴蝶!"岫蕙蹦跳着指着一对上下翻跹的蝴蝶。

"我来捉!"继宗扔下杏花枝就去扑蝴蝶。

蝴蝶绕着梨花几圈,越飞越高越飞越远,不一会儿就消失在如烟云的花林里了。

继宗安慰岫蕙说:"还有其他蝴蝶的,我们找找看。"

两个小孩玩到掌灯时分才由下人们打着灯笼找回去。

文江氏早是紧绷着脸,坐得端端正正。当继宗和岫蕙怯怯地低头站在堂下时,她斜斜地睨了一眼侍立在一边的萧姨娘,右手攥着手绢儿指着继宗说:"哼!好的你不学,偏偏在外头野!你可是咱们文家堂堂正正的子孙!"

萧姨娘脸色微微一变,继而强笑,一味地恭顺着,给文江氏斟了一杯茶奉上:"太太,请用茶。润润喉吧!小孩子家不懂事,请太太教导。"

文江氏虽然和萧姨娘是多年的老君老臣了,但有事没事还是喜欢端出太太的款儿。她又训了几句,再唤来了王管家。

王管家忙应声。他拿下瓜皮帽,露出那张如老树皮般满是褶皱的老脸,带着恭维谦逊地笑,弯下腰:"太太。"

文江氏缓缓地说:"二少爷明个不用进学堂了。收拾一间屋子做书房,这几天先温习,再去请个好先生来,教二少爷和表小姐。"

王管家连连答了几个"是",恭恭敬敬地退下了。

文江氏起身,萧姨娘识趣地去扶。

文江氏淡淡地说:"不必了。你去歇着吧!"她笑着向继宗招手:"继宗到娘这儿来。岫蕙过来呀。"

"姑姑。"岫蕙见文江氏脸色好转,就开开心心地跑过去。

继宗却是一步步地挪近,嗫嚅着:"大娘。"

"是娘亲!"文江氏脸上笑容依旧,只是用不悦的眼光冷冷地一扫萧姨娘。

萧姨娘微微一颤,不敢出声,低头老实地站着。

继宗勉强地小声叫:"娘亲。"

文江氏笑着把继宗拉到身边:"这样就对了。"

她一手拉着继宗,一手牵着岫蕙,在丫鬟老妈子的簇拥下走进了内室。

萧姨娘见文江氏走远了,隐忍许久的泪终于落下。

妻与妾,天壤之别!

做妾的,到哪里都是矮人一等,连听亲生骨肉喊一声"娘亲"都是一种奢望。

小丫鬟来喜劝道:"萧姨太,等老爷回来就好了。"

萧姨娘掏出手绢擦泪,就扶着来喜的肩回房了。

来喜的安慰对于萧姨娘来说是一枚针,深深地刺痛了她的心口。

文大爷头两年还喜欢她，这些年对她一直不咸不淡的。

为人妻，即使早已失去丈夫的欢心，但尊重恩义尚存，丈夫最多敬而远之；而妾不过是堂上的字画，高兴了摆出来挂挂，不高兴了扔在箱子底，被虫蛀坏了都不管。

文大爷承嗣是商人，一年之中起码有七八个月是漂泊在外。

徽州人多地少，按照规矩，大户人家的子弟若是不愿读书，便会揣上算盘随父兄出门做生意。小户人家的孩子到了适当的年纪会被送去做学徒。

当地有句俗话，"十三十四，往外一丢"。文大爷自十二岁跟着父亲跑生意，已经有二十年的历史了。

做生意风里来雨里去的，自然会遇到危险。十年前，承嗣随父亲贩茶时，被一群山贼打劫了。承嗣侥幸逃脱，但父亲却命殒当场。承嗣含悲操办完了父亲的葬礼，接手产业又走上了徽杭古道。

死的人永远死了，可活着的人生活还要继续。

十年来，承嗣牢记父亲的教诲，不贪美色，不抽大烟，讲信誉，一份家业蒸蒸日上。

承嗣核算着账簿，越看越高兴，今年贩完春茶又赚了不少。

男佣长顺打着千儿说："老爷，曾老爷派人来催了，是就去呢，还是再等一会儿？"

曾老爷普善是承嗣生意上新认识的朋友，苏州当地的商人，今晚请承嗣去欢畅园听戏。

承嗣掏出镶了猫眼石的银制怀表一看："都六点了。走吧！"他收起怀表，拍拍黑色丝绸长衫。

长顺躬身答了是，就冲外喊："老爷出门了，提轿子!"

欢畅园是苏州的一座戏园子，靠着当家花旦二十岁的晚香玉的金嗓玉貌，有一点名气。

普善早订了最好的一间包厢等候多时了，见承嗣进来拱手说："文老弟百忙之中抽出时间大驾光临，曾某不胜荣幸。"

普善是地主，承嗣少不得客套一番："不敢当，不敢当。曾兄屈尊纡贵诚邀小弟，真是小弟的荣幸。"

两个商人脸上堆着笑客气地寒暄，彼此都在揣测对方的心事。

普善附庸风雅地摇着折扇说："晚香玉《西厢记》的扮相，可算得上是'倾国倾城貌'。我特意点了一出'长亭送别'。"

正说着，穿着五彩花衣头戴珠钗的坤伶走着碎步娇娆地上台，和着二文、笛箫、琵琶、扬琴的伴奏，娇声唱着，甩着水袖，一双勾魂摄魄的媚眼不住地扫过台下，惹得看戏的老少爷们都酥软过去，以为晚香玉钟情于自己，叫好声不断。

普善也是高声叫好，向承嗣说："如何? 果然是天生尤物!"

承嗣只是微笑着点头，心里早有算计。上一回在扬州，也有一个朋友弄了一个艳冶异常的红牡丹来，目的还不是生意上的事? 他手上拍掌，心如清水一般明亮，所谓生意场上的朋友大抵如此! 利来利往，谁都想自己获利最多。

晚香玉扭着柳腰唱着，一个转身，便是风情万种;唱到"鸳鸯"时，一双凤眼定定地钉在承嗣身上。

普善用扇子挡着大烟熏得满口的黄牙佞笑着："文老弟，晚香玉在看你咧!"

承嗣漫不经心地喝着茶："曾兄说笑了。台下人多，焉知不是看曾兄你? 再说戏子皆是无情之人，所爱者惟钱财耳!"

普善用扇子一敲杨木桌子说："那可未必！待会儿下台，我让她来招呼你。"普善对身边的茶倌小声说了一句。

承嗣更加认定晚香玉是普善设下的诱饵，就等着来钓他这条鱼。

卸了戏装的晚香玉换了一件浅紫色绣着鹅黄色繁花的旗袍，带着浓浓的法国香水味婀娜地走进来，一双高跟鞋咯噔咯噔响。一进来就甜甜地喊了一声："曾老爷。"也不等普善介绍，晚香玉一屁股就坐到承嗣的大腿上。

这样的阵势，承嗣早就见怪不怪了："晚老板戏唱得真不错。"

晚香玉媚笑着，身子似水蛇一样扭来扭去："您就是文老爷吧！常听曾老爷提起您。"

虽然晚香玉是恭维承嗣大名鼎鼎，但承嗣却听出另一层含义，他与普善认识不过三四个月，就是今年贩卖春茶合作了一次，普善却在她面前屡次提起自己，可见晚香玉绝对是普善安排的人。虽然心里这样想，但他脸上却不露声色："晚老板还不过去招呼招呼你的曾老爷，你不怕，我可担心他吃醋哟！"

普善大笑："不相干！我可不是那么小气的人！晚老板还是多陪陪文老爷，他可是财神爷！"

晚香玉在承嗣的脸上亲了一口后，就去周旋普善。普善是晚香玉的老主顾，自然是更加放开手脚。

承嗣把目光投到戏台上。此时戏台上是一个十五六岁的小旦，唱着《牡丹亭》的"游园惊梦"。但这个小旦却没有晚香玉的娇艳，处处透着寒门小户女子的楚楚可怜。

"良辰美景奈何天"，她唱到这里卡住了，伴奏的曲子还在继续，台上的人儿手足无措地望着台下喝倒彩的爷们。

戏子上台忌讳忘词，若是有经验的戏子可以临时自编，可台上的这位小旦显然是新出道的，只会哭泣，眼睛里是少女的明澈。大约是入行浅，还没有被世俗的臭气熏染吧！

"下去！不会唱就下去！"

"就是，少来丢人现眼。"

"老子花钱是找乐子，不是听你哭丧！"

晚香玉一阵香风袅袅地上了台，朝扬言要砸欢畅园招牌的老爷们鞠了一躬，娇声说："我妹子小百合今日初登场，得罪了众位老爷，请老爷看在晚香玉的薄面上，饶了百合妹子吧！"说罢，拉着小百合又鞠了一躬。

台下的愤怒才平息了一点，有个穿蓝绸长衫的人喊："晚香玉，你妹子不行，你来一段！"

人们齐声拍掌齐声喊："晚香玉，来一段！晚香玉，来一段！"

晚香玉大方地说："承蒙各位美意，我就来一段'游园惊梦'吧！"晚香玉娴熟地捻一个兰花指，接着往下唱。

晚香玉一开口，戏园子里又是叫好声盈耳，承嗣留神一看，小百合被一个近五十岁的老婆子悄悄地拉下台了。

普善盛赞晚香玉："文老弟，你看看晚香玉多大气，这样鲜花似的人儿讨回家，再调教一下，谁见都会说是当家的大奶奶。"

承嗣掀开茶盖吹着气说："曾兄似乎有意纳晚香玉为如夫人。"

普善用折扇敲击大腿："我哪有那个福气呀！家里一只母老虎！我是为文老弟打算。文老弟长年在外，身边个没有知冷知热的人服侍怎么行呀！"

承嗣心中微微一动，当年的萧姨娘就是因为朋友怂恿才讨来，用的也是这个理由。可惜萧姨娘太不识抬举硬要回老家。在外头没有正太太压着，可以独当一面；老家那么多规矩！本来他还打算带她在身边，可看她整日地没一个笑脸，悲悲戚戚的。当初看上她，就是因为她低头浅笑时的那一份小女儿的娇羞。花了大价钱把她买回来，这才几年工夫就成了一个小怨妇，看着就让人生气。

承嗣重重地合上茶碗。

普善留意到承嗣的反应就忙问："晚香玉不合文老弟的意吗？"

承嗣带着敷衍的笑容："晚香玉很好，不过，说来惭愧，老弟我是过来人了。戏子三朝五宿地玩玩可以，真要弄回家去！新鲜劲一过，还不就是那样。"

普善的脸上闪过一丝失望但马上又笑了："的确，娶回去不方便！比如，我家里那个吧，要是我提纳妾，她会带着我儿子跳太湖！我们去后台看看吧！"

普善的失望落在承嗣眼里，他暗自好笑，美人计早就是旁人用烂的伎俩了。不过商场上，应酬是少不掉的，承嗣随普善去了后台。普善是常客，往来的戏子下人们都朝他点头哈腰。

后台堆着的杂物不过就是戏装道具之类，有些脏乱，在几个破镜子前，戏子们在化妆。一幕厚厚的蓝布帘子阻隔了后台和戏子们日常起居的后院，但没有阻断一个女孩清晰的哭声："妈妈，下次不敢了，您就饶了我吧！"

一个恶狠狠的老年妇女的声音传来："我叫你忘词，我叫你忘词！我打不死你！"

"妈妈，我疼！求您了！"

"我打死你！臭丫头！"

承嗣听出来是小百合了，念头一动，问："是令妹吗？"

晚香玉却是一脸不屑："我才没这么差劲的妹子呢！刚才不过是圆圆场。没见过这么笨的人，学了七八年的戏，还上不了台面。"

普善皱起眉头："哭哭啼啼吵得人好烦。"他摩挲着晚香玉白皙的手："晚老板，我和文老弟请你去留仙阁吃晚饭吧！"

晚香玉媚眼斜飞着承嗣："文老爷，是你做东吗？你做东，我就去。"

承嗣才要答应时，一个浑身血污的女孩跑出来，撞到他怀里。承嗣一看是小百合。

头发蓬乱的小百合被扒下戏装，只穿一件洗得发白的蓝布褂子和一条滚了黑边打了几个补丁的蓝裤子，光着脚，身体不住地在颤抖。

"你敢跑！"老妇人跟出来，看见小百合扑到承嗣的怀里，吓得跪下，"冲撞老爷了。"

承嗣怜香惜玉之心大发，也不顾脏，搂紧小鸟依人的小百合道："小百合是你什么人呀？你下这样的狠手。"

老妇人磕头道："是老妇的女儿，戏学不好就要打的。"

晚香玉见风使舵："白妈妈，你就放小百合一码吧！哪个人不犯点错呀！一回生，二回熟，小孩子要慢慢教，一口可吃不成一个胖子！"

白妈诌笑道："晚老板说什么就是什么。"她瞪着小百合："死丫头，还不给晚老板磕头。"

小百合红着脸挣脱了承嗣的怀抱，朝晚香玉磕头："谢谢晚老板。"她站起后又跪下朝承嗣磕了一个头："谢谢这位老爷。"就随白妈走了。

普善看着承嗣的目光随着小百合移动，脸上晃过一丝不让人察觉的阴笑。

顾顺清是王管家请来的新先生。

他念着继祖从杭州寄来的一阕《虞美人》："曲肠幽径杜鹃啼，正是清明时。山花烂漫笑东风，荒烟袅然断魂在坟冢。山高水淼故乡遥，远游在年少。细数家中有阿谁，低斟浅酌醉成梦魄归。"

他抬头想了想，向文江氏说："太太，大少爷表达的是思乡心切但不得归的惆怅。写得好，笔法老到，字也老练。"

文江氏未出阁前只读过女四书，粗通笔墨，嫁到文家后日日面对的是账本契约，还要相夫教子操持家政，便没有闲情逸致去看书。

她收到儿子的信后没能看懂，就请来顾顺清。听到顺清夸奖继祖，文江氏心中喜滋滋的，把丈夫因生意、儿子因学业不能归乡祭祀的烦心减去了不少。

她的脸上带着笑影儿："顾先生说哪里去了，不过是小孩子家随便写的。"

顾顺清附和着夸了几句，他把对词的另一半评价生生咽了下去，词境凄凉了一点，没有少年人应有的朝气。

其实，如今这局面，又有几个少年还能保持一腔热血呢！

想当初，他也是热心时事的少年，摇旗呐喊过。

可是现在，他早就灰了心，当局除了个空头招牌，其余都没改。现在的他，堂堂的大学生，曾醉心新文化的有志少年竟沦落为乡绅子女的家庭教师，教的还是四书五经！

文江氏很满意这位教书先生，人长得体面，学问也很高，连六太公都赞不绝口。

她的眼光扫过顺清洗得发白的灰色长衫，微微蹙眉，文家可是大户，教书先生可不能穿得太寒碜。

"太太，王家的姑太太打发人来接您去做客。"王管家恭敬地说着，"姑太太新添了孙子，办满月酒呢！"

王家的姑太太王文氏是承嗣的姐姐，嫁到了王家村，距离文家镇有两天的山路。

王文氏可谓是事事顺心，自己早早当家，做了婆婆抱上了孙子。文江氏不由得羡慕，岫蕙太小了，还要等上十年八载咧！

顺清见文江氏事忙就告辞而去，文江氏也不留，和王管家商量着送什么礼。

次日，文江氏就带了长福等几个用人走了，临行前不免叮嘱了王管家几句，让他给顺清制几件绸缎衣裳。

顺清日日教继宗和岫蕙很轻松，他念一句，两个小孩跟着念。有时他会向他们提新诗新文艺，虽然他知道两个小孩不懂背后的内涵，只是对诗体的新形式感到好奇和对浅易晓畅的白话的自然的亲近才有学习的热心，但他还是愿意教。

"云淡天高，好一片晚秋天气！有一群鸽子，在空中游戏。"他背着数年前在《新青年》看到的胡适的《鸽子》，越发怀念昔日。

他觉得自己就像是一只家鸽，虽然能翱翔天际，但是哨子一吹，还得老实地飞回笼中，否则食物就无着落！

窗外的天空是湛蓝的，阳光灿烂，只是顺清的心情却是风雨如晦了。

"萧姨太，没关系的。反正太太不在家，好几天才能回来呢！"来喜端着一碟点心向萧姨娘说道。

萧姨娘穿着天青色的上衣，系着淡黄色的裙子，怯怯地跟在来喜身后。

来喜打起书房的湘妃竹帘说："萧姨太，请！"

顺清正背诵完《鸽子》，一抬头看见进来的萧姨娘，如被雷劈了一般，怔住了。

萧姨娘看清了是顺清，也站住不动，双手只是绞着手中的绢子。

来喜给顺清请了一个安就道："顾先生，萧姨太带了点心来瞧二少爷和表小姐。"

萧姨娘勉强笑道："先生好。"

继宗早扑到萧姨娘的怀里，左右腻着，口口声声地喊着"姨娘"，而岫蕙则把点心往嘴里送。

已是四月间了，天气渐渐热起来，而文江氏坚持春捂秋冻，还让继宗穿夹袄，一直坐在房间里，继宗已经热出一头的汗。

萧姨娘给继宗拭汗，口里说："又顽皮了！额头上都是汗！"

岫蕙边吃边说："继宗哥衣服穿得太多了。我们很听先生的话，一直乖乖地念书。"

顺清微笑道："二少爷和表小姐很聪慧。"

来喜向顺清使了一个眼色，顺清识趣地跟着来喜出来了。

来喜央告说："顾先生，来喜知道您一定是好人，今天的事请您不要告诉太太。"

她低头思索了一会儿又抬头说："顾先生，也不瞒您了。二少爷是萧姨太的儿子。"

"她——他不是太太的儿子？"顺清失神了一会儿旋尔改口道。

来喜就说："二少爷不是太太生的。不过，照着规矩，二少爷只能认太太为娘。平日里萧姨太想见一面二少爷都是不被允许的。萧姨太实在是太可怜了。"

顺清默然了，负手立于庭前。

书房设在西边的侧院里，小小的三间房，过一个月洞门再过一条长廊就到云渚堂。小院子里栽了些花木，尤其是一株靠墙的杏树，花早已在东风里落尽，叶子在阳光里青翠得耀眼！

"快快！太太要回来了！轿子都到山下了！"小丫头吉祥匆匆跑过来。

一语未了，萧姨娘已是急急忙忙地走出来，她十分不舍："宗儿乖，好好读书，听先生的话！——别告诉大娘，姨娘来过了。"

顺清闷闷地回到书房，淡淡地道："读《诗经》。"

于是，继宗和岫蕙就呱呱地念起书来。有几句话飘到顺清的耳里显得格外的刺耳："宜言饮酒，与子偕老，琴瑟在御，莫不静好。"

顺清苦笑，未婚妻摇身一变成了他人的妾侍！

毛笔蘸了墨，颤微地落下，书就两阕哀怨的《虞美人》："杏花落尽怨归迟，青果累满枝。绿衣黄裳婉清扬，树下吹箫寸寸断柔肠。人生易别难相见，慷慨在少年。十年乍逢侯门中，泪眼蒙胧忍看秋水瞳。"

"柳絮飞烟杏花少，春风催人老。当时只道是轻狂。十番寒暑两鬓渐成霜。绿意黄裳怜芳草，回眸倚树笑。今朝相逢侯门中，自惭形秽半老憔悴容。"

他默默地念了一遍，缓缓地将纸揉成一团，往地上一扔，纸团滚到岫蕙的脚下。

岫蕙发现顺清双目无神，一时好奇，就悄悄地把纸团捡起放到口袋里。

文江氏的大丫头如意打起竹帘道："顾先生，太太说给二少爷和表小姐告一天假。"

她凤眼一转，瞧见了继宗桌上萧姨娘遗下的碟子，心中明白了几分，不露声色地边帮继宗和岫蕙收拾书具边笑着说："顾先生真是辛苦，我们太太说了，等闲了一定好好请请先生，表达太太的谢意。"

顺清"嗯"了一声。

听说不用上学，继宗高兴坏了，忙拉着岫蕙丢下一句"先生，明天见"就跑了。

好不容易将文江氏伺候舒服了，萧姨娘才拖着疲倦的身躯回房。

来喜麻利地抽去萧姨娘发髻上的银扁方，放下乌黑的秀发，木梳一顺到底，说："萧姨太，其实只要您在老爷跟前上点心，有老爷撑腰，那么太太想作践您都没法子了。"

萧姨娘没有听见来喜的劝言，只是扶着镜子。锃亮的铜镜里倒映着她憔悴的容颜，双眼里虽然没有了少女的澄澈。她浮起一个生硬的微笑："是我命不好。"

来喜撇撇嘴说："什么命苦不苦的！来喜瞧着是您太软弱了。人善被人欺，马善被人骑！我们徽州规矩虽然多，但人是活的呀！三十年河东，三十年河西，很多事都说不准的！您就是不为自个儿想想，也要为二少爷盘算呀！隔了肚皮如隔山，别看太太外头一盆火似的，这心里头可是恨二少爷恨得牙痒痒的，巴不得出了什么岔子，好让家产都让大少爷继承了去！"

萧姨娘道："不至于吧！"

来喜对文家的隐事颇为了解，遂冷笑说："太太是什么人！她还想博一个贤惠的名声呢！场面上的戏当然会做足了。难道您忘了您怀二少爷那会儿是谁推你下楼的。不就是跟着太太的金凤吗？萧姨太，您一定要牢牢抓住老爷呀！不要像以前的沈姨太一样。"

她向四周看了看确认没人才小声说："我也是听张妈说的，以前，沈姨太和老太爷杠上了，赌气不跟老太爷出门。老太爷前脚才走，老夫人就找人栽赃，硬说沈姨太和一个江湖郎中好上了。结果沈姨太被沉了塘，连沈姨太三岁的儿子都被说成是孽种，被赶了出去！"

萧姨娘倒吸一口气说："沉塘！老太爷怎么说？"

来喜道："老太爷回来时，人已经死了。况且'铁证如山'！"

来喜刻意加重了语气，说："太太虽没老夫人狠毒，但也雷厉风行的！保不准太太也起了这样的心思。"

萧姨娘猛地打了一个冷战，要是让文江氏知道她与顺清的关系……不，绝对不能！

她双手痛苦地捂住双眼，抽抽噎噎地哭起来。

"萧姨太。"来喜忙轻轻地拍着萧姨娘起伏的肩头，"都是来喜不好，来喜不该提这事的。"

窸窸窣窣的，有衣服相擦的声音，似是春风里的小草轻轻地伸展着。"姨娘。"岫蕙嫩生生地在门外小声叫。

来喜迟疑了一下，萧姨娘低声说："去开门吧！"

来喜把门打开。"呀，是表小姐！这么晚了！"来喜为了拖延时间，假意在门口张望了一会儿，"余妈呢？"

岫蕙披着粉红色碎花绸缎的夹袄，扬着小脸说："余妈睡着了，我就从床上跳下来了。"

就这一会儿，萧姨娘已用手绢拭去了泪，扑了一点粉，遮去了泪痕。她这才笑吟吟地转过身，张开手："岫蕙，到姨娘这儿来！"

岫蕙扑到萧姨娘的怀里左右腻着说："姨娘。"

萧姨娘摸着岫蕙的头笑道："点心好吃吗？"

岫蕙重重地点头说："好吃得不得了！"她从口袋里掏出皱巴巴的纸递给萧姨娘说："姨娘，这个上面是什么意思？先生写的，我看不懂。本来要问继宗哥的，但他被姑姑叫走了，到现在都没回来。"

萧姨娘展开一看，正是顺清填的那两首《虞美人》，心跳得厉害，又惊又喜：惊的是顺清居然这样胆大，私密的诗词竟随手乱丢，万一让文江氏发现了，该如何是好；喜的是顺清的心意十年来竟未有改变，绿衣黄裳，他还记得他们初见时，她穿的衣服，这份心思真让人感动。

眼光一转，萧姨娘看见镜子里映着岫蕙期待的眼神，顿时省悟还有旁人在场，遂笑容可掬地问："先生给你们上过词吗？"

岫蕙摇头说："没有，不过，我们念过几首诗，很顺口。"

萧姨娘笑着解释说："词和诗差不多，念出来都很顺口。《虞美人》是词的名字，就像每个人都有一个名字一样，每首词都有自己的名字。就像有时候人的名字会重，有不同的词都叫同一个名字的情况。"萧姨娘刻意说了一大段话，引开岫蕙对顺清的词的注意。

岫蕙懵懵懂懂，嘟囔着："姨娘懂得好多。"

萧姨娘笑着说："如果岫蕙喜欢，姨娘以后都会慢慢教你的。不过今晚不行，今晚太晚了。"她向来喜说："送表小姐回房吧！"

岫蕙已是困得不行了，就由来喜抱回房里了。

萧姨娘反复地看着顺清的词，越看越难过。她闭了闭眼，颤抖地将纸放在油灯上，看着纸一点点地化成了灰烬。

来喜送走岫蕙后，回来道："萧姨太，余妈已经醒了，她会不会又告诉太太？"

"随她去好了。"萧姨娘只是淡淡地答。

她料定余妈不会了。上一回余妈把岫蕙缠着要听萧姨娘吹箫的事告诉了文江氏，萧姨娘自然是被责罚了，但余妈自己也没什么好结果，被文江氏狠狠地训斥了一顿——没有看牢岫蕙。余妈不是傻子，吃力得罪人又不讨好的事是不会再干的。

萧姨娘解开衣襟笑着说："来喜，你伺候了一天了，好生歇着吧！"

自打萧姨娘进了文家的门，对下人们都是和和气气的，不像文江氏总是一副居高临下的样子，所以除了文江氏的亲信，其余的人都挺同情萧姨娘。

对弱者的同情似乎就是人与生俱来的本性。有了众人暗地里的帮忙，生下来就被抱到文江氏跟前的继宗才知道自己的生母是萧姨娘。母子常常偷偷亲近，有了继宗，萧姨娘才不觉得生活是死水一潭，毫无希望。

萧姨娘心安地微微一笑，忽然一个激灵，叫住才要出去的来喜："来喜，放点心的碟子你收回来了？"

来喜一愣，才回想起来："呀！我忘记了。还搁在二少爷的书桌上呢！"

萧姨娘猛然想起，岫蕙提过的"本来要问继宗哥的，但他被姑姑叫走，到现在都没回来"。她在文江氏跟前立规矩时，就听见文江氏亲口吩咐精明的丫鬟如意去向书房……难道，文江氏叫继宗过去就是为了这个事吗？要是真的，文江氏又要借机发难了。这个苦日子何时才到头呢！

一连多日，文江氏都派金凤过来说，不用下楼服侍了，还送来好多衣料让萧姨娘做端午节下的衣服，一炷香花样的银红色的苏缎、流云样式的雨过天青的杭罗、金色方格底子松绿色的棉布……弄得萧姨娘暗自疑惑，文江氏有了这样好的把柄怎么不发作，不罚反而赏，送来的衣料比往年丰富了好多。

来喜细细地翻了一遍布匹，怀疑文江氏会暗中使坏，绵里藏针，可实际上料子都是最佳的。来喜连连叫怪。

不过，萧姨娘不敢私自去看继宗了，只是每日从阁楼上往下望着继宗和岫蕙手拉手走出内室去书房。她更不敢去打听顺清的情况。岫蕙偶尔会来，带来的讯息不过是顺清今日又讲了哪些课，没待萧姨娘多问，余妈就会把岫蕙请走。

逼近端午，蝉鸣阵阵。萧姨娘忖度，虽然文江氏一再不用她伺候，但是多日不去未免面子上过不去，就换了一身衣裳，下楼。

她边走边扶着发髻上的银扁方。扁方用得太久，光滑如细腻的美人手。

到了楼下的内堂，文江氏正坐着喝茶，萧姨娘过去请了一个安。

文江氏搁下茶盏："你怎么下来了？金凤没跟你说？坐！双贵，给萧姨太上茶！"

萧姨娘没敢坐，仍是恭敬地站着："太太，多天没给太太请安了，想着就要到端午节下了，一定要过来的。还要给太太道谢。太太送来的衣料，我很喜欢。"

文江氏手执一柄团扇，微笑着说："几件衣料，不值什么。要是喜欢，我再送几匹过去。老爷这次差人送来好些上好的料子呢！"

萧姨娘低头说："太太，不敢当。已经很好了。"眼光却停在文江氏身上。

文江氏今日显然精心修饰了一番，敷了一层香粉，遮去了鼻梁两边的几点雀斑，填平了眼角浅浅的皱纹，发髻上的镶了碧玉的银簪垂下细细的流苏，和长长的翠玉耳环相配。她穿了一件藕荷色滚了浅蓝色镶边绣了红牡丹的旗袍，脖子上戴了一条珍珠项链，手上是祖母绿的玉镯，衬得整个人如青玉一样。

如意进来回话："太太，茗茶轩的酒席，已经备好了。照太太的吩咐，准备的都是南方菜，有时鲜的嫩藕炒红辣椒、水芹炒肉、葛粉圆子、糖醋排骨、红烧小河鱼、冬瓜炖火腿，都是清清爽爽的。"

文江氏点头："好，我过去。"她看了一眼萧姨娘笑着说："你回去吧！"就扶着双贵的手走了，丢下一句话："如意，你带萧姨太去库房挑衣料。"

如意却没把萧姨娘带到库房，而是到茗茶轩后的一个空着的院子的小耳房里。

如意诡异地说："萧姨太，放心吧！这会儿，下人们不是在茗茶轩伺候，就是躲懒去了。没人会来。"她变戏法似的拿出那日萧姨娘留下的碟子。

萧姨娘以为如意打算以此要挟，就说："我的处境你又不是不知道？我没有钱，也没有……"

如意把碟子塞到萧姨娘手里说："萧姨太，误会了。如意不是来要封口费的。如意只想和萧姨太谈一笔交易。"

萧姨娘苦笑说："我有什么东西可以和你交换呢？"

如意笑着说："大少爷一个多月后就回来了。您也知道姑太太不久前抱了孙子，我们太太嘴里不说，只是望着表小姐叹气，可以料见太太心里头对姑太太是多么羡慕。我们做下人的自然是很乐意帮太太分忧了。所以——"

萧姨娘听明白了，惊讶地说："难道你要我帮你去和太太说，要你服侍大少爷？"

如意含着笑说："萧姨太，如意只是去帮太太了结一桩心事。"

萧姨娘默然了一会才说："我是什么身份，说话管用吗？"

如意说："很简单，只要萧姨太找个机会对太太说，'如意这丫头不错，把她拨过去服侍二少爷吧！'这样就行了。"

萧姨娘左右一想就明白了，如果她在文江氏面前盛赞如意，文江氏一定会让如意服侍继祖的，因为什么好东西，文江氏总是优先考虑自己的亲生儿子，但嘴上还是一副难以置信的口气："你不是想去服侍大少爷吗？"

如意打心底瞧不起被文江氏牢牢压住的姨太太，轻狂地说："您照做就是。"

萧姨娘看了一眼志在必得的如意，文江氏的心腹大丫头居然存了这一段心思，就劝："做姨太太是件很苦的事。"

如意略有几分姿色，笑起来有两个酒窝："萧姨太，那要看怎么做了。"

萧姨娘也没深劝："太太今天请客呀？是不是姑太太归宁呀？"

如意从衣襟里抽出绢子扇着："哪里是姑太太，是那个穷书生顾先生！太太不晓得怎么回事，居然三天两头地请顾先生来教自己念书。白天看还不够，晚上还熬夜到三更！害得我们都睡不好！这不，巴巴地备下一桌酒席来请顾先生，说是什么谢师宴。太太还一再说先生是南方人，不吃辛辣的，菜味要清淡一点。就是老爷吃饭，也没见太太这么上心过。你今个瞧见太太的样儿了，涂脂抹粉。老爷又不在家，打扮得这么妖艳给谁看！真是的。"

萧姨娘忙出言相拦："莫胡说！太太是正经人。顾——"她本来要说，顺清是君子，但话到嘴边就改口说："顾先生是读书人，肯定也是正经人！"

如意用看不起人的神情"啧啧"了两声："正经人？我看未必！萧姨太，你是不知道，你别看他一副斯斯文文的样子，一天三趟往内室跑，也不晓得忌讳，奉承起来，把我们太太乐得笑个不休。我看太太是猪油迷了心，也不怕人说闲话！什么狗屁先生，我看和那个江湖郎中没两样，被人养的小白脸！"

萧姨娘看了她一眼。

如意自觉失口，忙笑着说："出来久了，怕太太找呢！我先去茗茶轩了。衣料我晚上送过去。"

萧姨娘笑了："如意你自己就留下吧！算是——我提前送给孙少爷的礼物。"

如意自然是高兴："那就谢谢了。"把绢子塞到衣襟里，扭着杨柳小蛮腰就走了。

听如意的口气，似乎顺清与文江氏的往来甚密，萧姨娘心头泛起点点酸意，怪不得文江氏会好心不让她在跟前伺候！

但顺清应该不是那样的人，萧姨娘踌躇了一下，还是悄悄地挪步到茗茶轩去，远远地听顺清高声背诵着魏晋的小文："山川之美，古来共谈。高峰入云，清流见底。"

夹杂的是文江氏的笑声。

萧姨娘从没有听文江氏这样轻快地笑过，这样甜，这样盈盈地如夏日雨后荷叶上圆润的水珠，心里一紧，脚下一不留神，滑了一跤。

如意和金凤正在轩外，如意眼尖瞧见了萧姨娘，忙向她摆手，叫她走远点。

金凤发觉如意的异态，冷笑着打起帘子："太太，萧姨太来了。"

金凤是文江氏的陪嫁丫头，十几年前也有几分动人的妩媚。那时的她背着文江氏，与承嗣有了几夕之好。本来承嗣是打算纳金凤为姨太太，后来去外地贩茶看上了萧姨娘，此事就不了了之了。因此，金凤深恨萧姨娘，觉得若不是萧姨娘从中作梗，姨太太的位置定是她的，所以有事没事就找萧姨娘的碴，挑唆着文江氏惩罚萧姨娘。

这些事，文江氏是假装不知情的，萧姨娘也是从来喜的口里探知的。多年来，萧姨娘时时提防着金凤，不想今日冤家路窄了。

萧姨娘只得硬着头皮进去。茗茶轩里顺清听说萧姨娘来了，激动得站起来，他来了这么多回，终于看见萧姨娘了。

文江氏略有些不悦的声音响起："萧姨太，你怎么来了？"

这不是十年前了，顺清无奈，只得维持着惯有的微笑："萧姨太好。"话音里有一丝的颤抖。

萧姨娘朝文江氏施礼，眼睛却很快地瞥过顺清，心里盘算着如何回答文江氏的话。

如意挺身而出说："太太，跟萧姨太的来喜有点不舒服，所以来问太太。"说着朝萧姨娘丢了一个眼色。

文江氏气定神闲地说："哦。去和王管家说，让他斟酌着办。"

萧姨娘会意后便说："谢谢太太的恩典，我这就去找王管家。"萧姨娘趁势离开，留下怅然若失的顺清。

金凤把如意拖到耳房里，啪地甩了如意一个耳光："死丫头，你帮狐狸精说话作甚？"

如意捂着脸说："金凤姐！你干吗打我！"

金凤死死地拽着如意粗长的辫子："你别以为人人都是傻子，

你给她使眼色，别以为我没看见！"

金凤虽然不是正式的姨太太，但她跟了文江氏那么多年，又与承嗣有这一层关系，连王管家对她的话都不敢驳回，一些丫鬟老妈子更是奉承不休，早把金凤捧得不知天高地厚，俨然以二太太自居。

如意瞪着金凤。金凤更加轻狂："你瞪什么瞪！"

如意攒了一肚子对金凤的不满，此刻天气炎热，人未免急躁了一点，话也没细想就说出口："你以为你是谁！你算老几！不过是个通房！就这样管起人来！有本事，你到太太那说理去！"

本来金凤看这段时间文江氏待萧姨娘好就不舒服，存了三分气，现在更加气了，但这事要是闹到文江氏那儿，自己也讨不到好，就连连说了几个"你"，气鼓鼓地走了。

如意见金凤出去了，就在背后呸了一口："有什么了不起的！"

有一抹蓝布衣衫闪过门口，等如意再定睛一看，什么都没有，只有白光一片。

"九张机，一生一世苦相思，负手玉立小院中。皎月飞光，空山溶静，泪看意中人。"

这是今天傍晚文江氏在顺清的书桌上发现的。文江氏去接继宗和岫蕙时，才得知顺清已被六公公邀去喝酒。她看到顺清的木镇纸下压着张纸，上头写满了字，就抽出，带回来细看。

此时已是子夜时分，万籁俱静，整个文家宅院只有文江氏房间里的灯是点着的。

文江氏挑灯夜读，她特意翻出宋词里的《九张机》，细细地读。原词是写少女恋爱时微妙的心情，被誉为"字字纤丽，绝妙乐府，慧心密意，读之使人不忍释手"，而顺清这几句是凄婉绵丽。

文江氏这一个月在顺清的指点下进步极快，已经能基本领会出古典诗词的意思，她仿佛又回到千娇百媚的少女时代，在父母膝下承欢做一个率性而为的大小姐，而不是操持家业居于深宅中的中年妇人。

少女，对于三十出头的文江氏是多么遥远的字眼，少女时的她不是不喜欢诗词里的相思情意，而是双亲严厉的禁令使她不能光明正大地读。她至今记得最清楚的一句诗是王维的"清风明月苦相思"。看过了花旦小生的戏，她也曾有过美梦，向往过才子佳人的爱情故事。可是，当才子真的出现在她面前时，她已经是商贾的妻子了，真是"相遇非恰时"！

原来相思是这样的一种感觉，一天十遍八遍地把对方想在心上，回味对方每一句话每一个动作，仿佛其中都蕴含了对方的情思。明知道是不应该的，但是文江氏还是想，她也不清楚她是怎么了。她从小所受的教育告诉她，她这一生只能想承嗣一个人，她的丈夫。她还记得她凤冠霞帔乘一顶花轿，在吹吹打打中被抬入文家的那一天，当红盖头被人揭开时，她是有一丝失望的。承嗣很瘦，从头到脚都透着精明，与她心中的理想人物相差甚远。但她只能认了，努力扮演一个贤妻良母的角色。

都十多年了。

不过，文江氏的理想夫君是什么样的，她自己也说不清，直到顺清的出现。要是她能早点遇到顺清就好了，她想，比如顺清那时就是她的老师，他们还有万分之一的可能。顺清对她有特别的意思吗，她觉得有，但也可能是她的一厢情愿。男人们都是靠不住的，比如承嗣有了金凤还不够，又讨了萧姨娘回来，前两天寄来的家书上隐隐地透出又纳一妾的意思。所以，女子有这份情太危险了，弄得不好自己会身败名裂的……

这份心思只能埋到心底。

文江氏忽然想起今天顺清对她说，"人生在世能有几日是为自己而活呢？忙忙碌碌操劳了一世却往往是为他人作嫁衣裳"。

她注定是为别人而活了，起先是为父母，后来是为承嗣、继祖。

文江氏深叹一口气，小心翼翼地将纸折成小小的方形夹到《宋词选》里，藏到一叠账本下。她揉了揉太阳穴，也该收收心了。

金凤捧着茶盅走进，谄媚地笑着："太太，请用茶。"

文江氏"嗯"了一声，不在意地翻开一本账簿，等到早稻收割有一批债要收回来了，她得核算一下。

金凤却不急着走，小心地赔笑着说："太太，论理儿，这个事不该我多嘴的。可是，太太，您不知道……"

金凤刻意吞吞吐吐地说了半截，等着文江氏追问，可是发现文江氏仍然是淡淡的，就只得一股脑地倒出来："太太，今个如意很不识抬举，说了好些话，都是不能告诉太太的，瞧她骚里骚气的。没准安了什么狐媚的心思。"

金凤和其他丫鬟的冲突，文江氏是明知但装作不知，她料到又是金凤端出"二太太"的款儿教训其他丫鬟，惹得众人不服。文江氏不太喜欢金凤，若不是顾忌承嗣，她早赏金凤一点嫁妆打发她走人了。至于如意，她早看出她的心思了。

想到此，文江氏就淡淡地说："哦，知道了，金凤，这点事你去办吧。该怎么处置就怎么处置。"

金凤端起盘子就走人："好，太太，我一定办得妥妥当当。"

文江氏继续清理账本。但是，她总定不下心来。不知不觉，文江氏又翻到《宋词选》的《九张机》的那一页。

宋人无非是相见难，而顺清则是永无可能。

顺清到现在还是孑然一身，他的身上一定有故事。只是他的故事里是否有她呢？她希望是，又不希望是。

她闭着眼睛抱着头伏在摊开的书上。

这一夜，文江氏再次失眠。房间空荡荡的，她躺在凉簟上辗转反侧，遥遥听到有女子带着哭腔的惨叫声。

文江氏好不烦躁地熬到了天亮，才叫人来服侍，进来的却是金凤，面上带了一丝的不安："太太，如意招了。她与萧姨太勾结起来要谋害太太您呢！如意这小蹄子和狐狸精学歪了，她们背后说太太您和顾先生——"金凤故技重施又吞吐起来。

这一次，文江氏大惊，但很快收住了怯色，镇定自若地说："她们说什么？"

左右并无旁人，但金凤却不直说："也不敢回太太，实在是难听得紧！"

文江氏冷笑道："狗嘴里岂能吐出象牙来！"才要下令处罚如意和萧姨娘，猛地瞥见金凤眉梢上都是得意与轻松，她转念一想，也许是金凤的借刀杀人之计，就说："如意呢？我要亲自问问她！"

金凤的神色顿时极不自然，她笑着说："也不值什么，一个破丫头！哪里费得着太太您去问呀！所有的话，我都问得清清楚楚了。有什么，太太只管问我。"

夜里的惨叫声仿佛仍在耳边，文江氏有不祥之感便问："如意呢？"

门哐地被撞开了，进来的却是披头散发的来喜，她哭喊着说："太太，萧姨太有什么错，值得太太下这样的狠手，还有如

166

意姐……"

金凤上去就是一个耳刮子，恼羞成怒地大声呵斥："死丫头，这是什么地方，就乱进来！哭哭啼啼成何体统！王管家你愣着干什么，还不叫人拖下去！"

王管家拿眼觑着文江氏只是不动，屋外站着好些下人，都在等消息。

文江氏意识到这绝对不是一件小事了，口气温和了一点："来喜，你说说，出了什么事了？"

来喜叩头不止："太太，您要为萧姨太，还有死去的如意姐做主呀！"

文江氏愣了一下："如意死了？"

金凤忙凑上回道："回太太——"

文江氏冷冷地看了金凤一眼："我没问你。"

金凤讪讪地站到一边，还不忘横了来喜一眼。

来喜抬起头说："你再瞪我也不怕！我闯进来的时候，就做了最坏的打算。大不了像如意姐一样被你用鞭子蘸了盐水，活活打死。"

文江氏犀利地盯着金凤，看得金凤吓软了脚，扑通一声跪下。

来喜接着说："太太，昨天晚上，王管家就带了几个男仆来抓走了萧姨太。萧姨太那时还在床上，衣服都不给穿好就被拖到柴房里。我跟过去，柴房里吊着被打得昏死过去的如意姐，双贵姐苦苦哀求金凤别再打了，可是金凤却恶狠狠地抽双贵姐。金凤还毒打萧姨太，说是太太的意思。呜呜……我想太太是最仁慈的，怎么可能是太太的主意，一定是金凤借着太太的名义欺凌下人。"

文江氏没有料到金凤会如此大胆，如意倒也罢了，居然敢出手打一个姨太太，幸亏承嗣没有纳她，否则还不是要爬到自己头上来了。最可恨的是金凤打着自己的名义！树要皮人要脸，要是传出去，族里的人一定会说自己草菅人命、嫉妒成性。本来，文江氏念在多年的情分上，对金凤是睁一只眼闭一只眼。但现在，不能姑息！

金凤还仗着老资历，勉强笑着："太太，反正那几个妖精似的东西不过是几块大洋买来的，打死了也是活该！"

文江氏冷笑："几块大洋买来的？亏得你说得出口。我念你服侍过老爷，才叫你管点事，谁想你竟不知高低，作威作福起来。还借着我的名义，毒打萧姨太和双贵，还打死了如意！真是不知王法！"

金凤脸上一阵红一阵白，她没有想到文江氏知道她和承嗣的关系。本来这张王牌她打算等萧姨娘死了才亮出来，求求承嗣，名正言顺地做"二太太"。

文江氏继续冷笑："王管家，你可真会办事！大半夜地带了几个男人就往萧姨太的房里钻！是不是明儿个，你带人拖走的就是我了？"

王管家冷汗涔涔道："以为是太太的意思，所以……"

文江氏转念一想，也不能完全怪王管家。有好几次，文江氏给萧姨娘颜色看都是通过金凤的，就说："照规矩办吧！金凤身为通房，不安分，发卖出去！至于你，革去半年的银钱，还有那几个男仆，都辞了。派人好好给如意安葬，再请郎中给萧姨太和双贵治伤。"

金凤大哭求饶。王管家立即差人强行拖走了她。

文江氏让众人都散了，歪坐在椅子上，头疼不已，随手一抽，抽出了那篇《九张机》。唉，要是她的夫君是顺清那样的读书人，她就没有那么多的烦心事了。

天已是大亮。一夜未眠的文江氏只觉眼皮沉重，神思恍恍惚惚的。手一松，那幅字轻轻地飘到了地上，如同一片落叶，又如同一段随风的往事。

在那幅字与木板地面接触的那一刹，文江氏似乎听见了"嗤"的一声，仿佛是有人突然用打火石打出了一点火星，点燃了她心底的某个地方。

心如止水了这许多年，儿子也眼见着就要成人了，她恍然察觉心湖波澜迭起，在梦境里隐隐约约是教书先生清瘦的身影。

"顺清！"文江氏忍不住一声低声嘤咛，声音那样的温婉，那样的缠绵，如同绚烂的春日里最悦耳的莺歌燕语。

"姑姑，您是在说'吮吸'吗？您梦见什么好吃的啦？"一个娇娇的声音带着疑惑猛然响起。

文江氏陡然清醒，她差点忘了她不仅早就是人妻，也早就是人母了啊！未来的儿媳岫蕙正咬着手指头站在她的面前！

她顿时恢复了往日严厉的样子，道："把手指头放下来！余妈怎么教你的？一点规矩都没有。姑姑的房间是随随便便就能进来的吗？进来之前怎么不招呼一声啊！"

岫蕙被文江氏的疾言厉色吓得大气不敢出一声，只管揪着自己的衣角。

文江氏见震住了岫蕙，料她不敢将刚才的事情乱说出去，脸色就缓和下来，柔声道："姑姑也不是想怎么说你，岫蕙，虽说你是我的亲侄女，但是文家规矩大，不知道多少双眼睛在盯着，你一步都不能错！"

岫蕙似懂非懂地点点头，低声道："姑姑，岫蕙知道错了。"

文江氏微微一笑，和气地道："岫蕙，知错就改，善莫大焉!"

她说了这一段话，心里咯噔一跳，到底她是说给岫蕙听的呢？还是说给自己听的呢？

是的，她不能错，错了一步，那么等待她的就是万劫不复。

她不能冒险地放纵自己的情感，任性而为，那太危险了，弄不好还会搭上自己儿子的前途!

儿子，她一想到儿子继祖，顺清的形象顿时消失了，她现在活着就是为了儿子的将来。

她的唇角慢慢地浮起一个浅浅淡淡的笑，再过一个月，学堂就放假了，继祖就会回来了!

只是她不知道，她的继祖走了，就不会回来了。

千灯怅

初秋的燥热胜似盛夏。

秣陵大学中央大道两边种着的梧桐树很高，叶子阔大碧绿，能遮住骄阳射出的白光，然而却挡不住飘浮在空气中的暑气。

蝉声似浪花歇斯底里地阵阵鸣奏着。

摩登女郎装束的李瑶将厚厚一沓讲义递到江岫蕙的怀中，笑着说："帮我拿一下！"

她掏出手绢拭去额头的汗珠，口内感慨："真是受不了南京的天气，要不是得念书，我这会儿还在庐山别墅里凉快着呢！岫蕙，你倒是挺耐热的！也没见你出多少汗！"

李瑶的父亲李岳霖位高权重，她是嫡出的大小姐，自然娇贵些，口内不住地喊着热。

江岫蕙抿嘴一笑："你若是肯穿学生装，也就不会那么热了！"

李瑶摸一摸烫得卷卷的头发，噘着嘴道："才不要呢！"她从江岫蕙手里接过讲义，"我们快走吧！时间快来不及了，密斯托周最讨厌人迟到了！"

江岫蕙笑着说："李瑶，你忘了，周先生病倒了，今天的西方文学史课推迟半个钟头，还请了另一位先生来代上，听素芬说还是一位留洋博士呢！叫什么……"江岫蕙半歪着头，极力思索着人名。

"是林睿平！"随着咯噔咯噔的高跟鞋声，后面一个声音追了上来，正是江岫蕙方才说到的梅素芬。

她是梅督军最宠爱的幼女，也是一位时髦的女郎，一身繁花艳艳收腰无袖的旗袍，将她优美的曲线玲珑勾出，添了几分妩媚之美。

一点讲义也不带的她，空出两只手，一只搭在江岫蕙的肩上，一只亲昵地勾住了李瑶的脖子，清了清嗓子，一双妩媚的眼睛斜斜地瞅着李瑶，笑着说："我来介绍这位林睿平吧！他今年五月刚刚回国，听说情诗写得好得不得了！李瑶，你说是不是？"

李瑶搪塞说："我不知道你在说什么！"

梅素芬和李瑶两家交好，两人从小就认识，自然是知根知底。

梅素芬点一点李瑶的鼻尖，笑着说："哦，有人是真的不知道，还是害羞了啊？"

李瑶噘着嘴道："你胡说什么呢！"

梅素芬笑着说："好啊，我胡说！那我看你等一会儿上课见到他的时候窘不窘！"

江岫蕙后知后觉，诧异地瞪大了眼睛道："李瑶，林先生不会就是——"

梅素芬笑得花枝乱颤道："猜对了，我们的林先生就是我们李瑶未来的……"

李瑶用讲义轻轻地在梅素芬的肩上拍了一下道："乱说什么呢！"

"好痛啊！"梅素芬娇声叫起来。

李瑶说："我没用力！"

"你不知道你的讲义很厚啊!"梅素芬揉着肩,笑嘻嘻地看着李瑶,"我在今晚的 Party 上,一定对林先生说你的坏话,说你啊,是位刁蛮任性的小姐,让他赶紧和你退婚!"

江岫蕙忙说:"素芬,父母之命,媒妁之言,是万万不可以违背的!"

梅素芬笑着说:"开玩笑啦!"

她叹了一口气,啧啧地说,"喂,岫蕙,不是我说你!现在的青年男女,可以根据自己的意志自己选择呢!比如我们李瑶啊,要是真不满意林先生,大可以换哟!"说着,便推一推李瑶。

李瑶眉毛一拧,似乎是在赌气:"没准儿,我还真和他退婚了呢!"

梅素芬顿时觉得有些不安。

阳光被高挺的梧桐翠影一剪,从窗外洒入,溅出满室的亮,映衬得空中的浮尘,如散乱的金粉玉屑一般,折射出点点光芒。

室内比起烈日下的街衢清凉了不少,让一直低头翻看讲义的江岫蕙感受到了微薄的凉意。

梅素芬悄悄地拉了拉江岫蕙的衣襟:"他来了。"

江岫蕙抬起头,只见一个颀长的身影走进教室,平纹衬衣白净如雪,配上一条考究的深红色的领带,眼神澄净,笑容淡淡。

片刻的怔忪,心怦怦地跳着。

她在林先生的眼睛里看见了隐隐青山,柔柔碧波。

他的眼神是纯粹到底的清澈、明净、温和、亲切,却带着淡淡的伤感。

林睿平走上讲台,澄明的目光环顾着台下的学生们,最后有些羞涩地看了一眼靠边坐的李瑶,旋而低下头去,双手捧起讲义："我很荣幸能成为你们的代课先生。今天，我们来分析莎士比亚的十四行诗。大家请看讲义。我已经让校工把英文原诗和我自己翻译的中文译诗都印了出来。你们先看一下吧！"

说着，他伸出两个指头轻轻地托了托鼻翼上圆形的眼镜。

学生们面面相觑，这位先生似乎比台下听课的学生们还要紧张，甚至忘了课前尊师的礼仪，甚至有些前言不搭后语。

"课上得不好！"李瑶霍然站起来。

学生们顿时一愣，目光齐刷刷地定在李瑶身上，继而教室里响起嗡嗡的议论声。

林睿平有些紧张地托了托眼镜，毕竟在课堂上，他是先生，不好和李瑶相认，便强作镇定地说："这位同学，请你坐下。"

李瑶微微一笑道："林先生，时间宝贵，本学生我不想浪费生命！"她突然抱起讲义，头也不回地离开。

众位学生顿时傻了眼，没想到这位女学生竟然这样胆大地扬长而去。

一时岑寂无语，学生们都以为林先生会雷霆震怒。

江岫蕙也愣住了，没想到李瑶会如此行事。梅素芬紧紧地咬了咬嘴唇，迟疑了一会儿，才附在江岫蕙的耳朵边，低声道："看来，那个传言是真的。"

江岫蕙迷惑不解。

梅素芬皱着眉头说："你今晚去李公馆，就明白了。"

林睿平倒是平静下来道："确实是时间宝贵。大学之大，在于博而广。大学，就是一个让你们博览群书的地方！多多涉猎！你们可以不同意我的思想观点，我非常诚挚地欢迎和大家交流，因为交流，会让我们懂得更多，明白别人所想，从而坚定自己所想……"

林睿平似乎找到了在讲台上的感觉，侃侃而谈，潇洒自如，滔滔不绝地讲起来。

台下的学生们一再鼓掌。

李公馆，灯火通明，嘉客云集。

一个青年男子眼睛斜斜地望着梅素芬，歪在椅子上，一手举着一杯香槟酒："今天怎么没见李大小姐？"

"你没听说吗？林家少爷回国了，我们李大小姐当然是去陪了！喂，我说杜世兄啊，梅七小姐待字闺中，你何不请她跳一支舞？"另一个年轻男子漫不经心地说。

"哈哈！胡公子，你有所不知啊！这位梅七小姐，哪里轮得到我！李家二公子李琪调回来了。"杜家六公子杜汝森将酒杯中的酒一饮而尽，"刚刚走到梅七小姐身边的那位小姐是哪一家的？面生得很，不过长得蛮清秀的！"

"哦，秣陵大学的女学生。听说是驻美公使文承晖的亲戚，刚从老家来，土着呢！"胡二公子胡世钧随意地换了一个话题，"杜世兄啊，等下化装舞会，你有女伴吗？"

杜汝森笑笑，将空杯子一伸，站在旁边的蓝衣侍女立刻为他填满了酒。

"杜世兄，胡世兄！"林睿平西装革履，面带着淡淡的笑容，出现在两人的面前，略微一点头，便坐到一张空椅子上，对侍女说，"来点白兰地！"

胡世钧笑了："喂，我说林少爷，你怎么不去陪未来的林少奶奶啊！过来找我们两个大男人喝酒有什么意思？"

林家三公子林睿平与李家大小姐李瑶联姻是人尽皆知的事情。

林睿平微微一笑，接过侍女递过来的酒杯，喝了一口道："看到你们在，我怎么能不过来招呼一下呢！"

胡世钧歪着头，竖起大拇指说："好啊！我本来还以为你到外面留学一圈，回来会嫌弃我们这些老朋友没有喝过洋墨水呢！"

林睿平淡淡一笑，温和地说："怎么会啊！"

杜汝森连喝了三杯，喝得满面春风。"林世兄，听说你在秣陵大学做教授啊！怎么不从政啊！府上世代官宦，又有岳丈扶持！"

林睿平笑着说："我还是喜欢读书教书，做点学问！孟邻先生教诲过，'学术者，一国精神之所寄。学术衰，则精神怠；精神怠，则文明进步失主动力矣。故学术者，社会进化之基础也'。所以，我要好好钻研学术。"

胡世钧哈哈大笑："博士就是博士啊！说起话来，水平就是高！好！好啊！"

杜汝森面露不屑，嘲笑道："喂，我说，老林啊！学而优则仕！你何必留在大学里呢！现在多乱。"他不满地摇了摇头。

林睿平笑着说："子非鱼嘛！"

"哎呀！你看看你——"杜汝森本想再劝，但转念一想林睿平书呆子气十足，未必听得进去自己的劝，便改口说，"好了，不说这些了，我看时间也差不多吧！等下的假面舞会，你得好好准备啊！今晚你和李大小姐可是男女主角！"

胡世钧说："是啊，我听说外国人舞跳得好。你在国外，舞技一定进步了！我可是拭目以待啊！"

林睿平本就是敷衍，暗自松了一口气，便站起来，对两人笑着说："那两位世兄，我先走了。"

"哇！"远处的人群突然爆发出一阵赞叹声，不少人纷纷往那边走去。

胡世钧最好奇："怎么回事啊!"说着，也跟着站了起来。

杜汝森又喝了一杯酒："这么热闹! 不用说了! 肯定是霍振濠来了!"

林睿平眉头微蹙，疑惑地望着远处攒动的人影。

胡世钧笑了，又坐了下来道："我当是谁呢! 原来是小霍啊! 不过，他也当真是个人物!"转头对林睿平，"你留洋几年不知道。他可是国内当红的影星啊!"

杜汝森补充说："小霍还有一个身份，就是赫赫有名的霍家的公子爷! 做影星啊，那是他玩票，迟早要回家继承他父亲的产业的!"

林睿平想了想，问："可是南洋霍家?"

杜汝森点头："可不就是嘛! 霍家多有钱啊! 简直是富可敌国!"

胡世钧"咦"了一声："不是说小霍和他父亲闹翻了吗?"

杜汝森哈哈大笑："人家霍家是三代单传啊! 等过两年，小霍玩够了，回家跟他父亲赔个不是，照当他的霍家大少爷。这几年他追上了不少漂亮的女人! 听说，最近百乐门的秋海棠又被他甩了! 那个秋海棠啊，你那位岳丈差点要讨来做姨太太呢! 我和小霍关系挺好的，林世兄，要不要我介绍你们认识一下?"

林睿平向来是洁身自好，便看看表，笑着说："马上就是化装舞会了，时间来不及了。杜世兄的好意心领了，下次吧!"说着，他便匆匆地离开了。

一见林睿平离开，胡世钧的头立刻凑到杜汝森的耳边，强压着笑说："看样子，那传言是真的了! 果然是姓林啊，头顶上青翠得很。"

杜汝森亦是鬼鬼一笑："也许还蒙在鼓里呢!"

李母的寿宴是分成两地举行的。院子里搭了戏台，请了南京最红的戏班子绣春班来唱戏，坐的都是有些年纪的老爷太太们。室内布置成了化装舞会的舞场，专门招待李瑶一辈的年轻人。

化装舞会即将开始，按照惯例，该是林睿平与李瑶跳开场舞。林睿平找了一圈，没有找到李瑶，想起方才一帮人躲躲闪闪的眼神与隐隐晦晦的话语，猜到了几分，心中不免有些烦闷。

他戴上黑色半脸面具，一个人走到休息室里去。那儿空无一人，林睿平按了打铃叫了下人来，泡了一壶碧螺春，便打开窗子，坐在靠窗的位置喝茶，让心绪慢慢地静下来。

比起洋酒，其实，他更喜欢喝茶，虽然他在外国待了几年，但骨子里还是彻头彻尾的中国人。

院子里飘来咿咿呀呀的声音，似乎是在唱《卓君夜奔》。晚风起，幽咽在窗棂，吹散了宴会些许的热闹。

他抬眼，就见一个十七八岁的女孩子低着头进来，手里捏着一个白色蕾丝半脸面具，一身天水碧缎面滚边旗袍，踩着高跟鞋，摇摇曳曳的，显得身段越发袅娜，似风中青青莲叶，亭亭如盖。

她抬起脸，往这边看来。见到他，不觉一愣，继而挤出一个羞怯怯的浅笑。

面容不过是清秀，但她那双眼睛生得极好，星眸闪闪，如两汪盈盈秋水。

林睿平有一瞬间失神，继而微微笑着，站了起来："怎么不去隔壁跳舞？"

被年轻男子搭讪，江岫蕙还是第一遭，脸顿时红起来，如云蒸霞蔚。

她半低着头，露出光洁白皙的颈部道："我不会跳。"

林睿平有些奇怪。能来李公馆的，都是大家小姐，交际手腕都不错，最起码舞都是会跳的。他不太相信："真的?"

江岫蕙听出来是林睿平的声音，镇静了一些，认真地点点头："真的。林先生。"

林睿平再一次打量了江岫蕙，暗淡的灯光里，女孩子如水的眼眸里，满是崇敬，心中一动："你是我的……学生?"

江岫蕙一脸惊喜，声音都有些抖："林先生，您认出来我了?我是江岫蕙。您的课讲得真好，我很喜欢。"

其实，被李瑶那么一折腾，对今日的课，林睿平心里是没底了。冷不丁，听到有学生真心实意喜欢自己的课，还赞同自己的观点，心中不免有几分喜悦和自豪。

他道："大学之道，在明明德，在亲民，在止于至善。不过，图新固然重要，但精华，应予以继承和发展。只要是为了达到至善这一完美境界的，都需兼容并蓄。你想想看，千百年来，三岁幼童启蒙背诗时，总是背'举头望明月，低头思故乡'。这样朗朗上口又简单易懂的唐诗，就不应该被我们舍弃。"

江岫蕙有些紧张，连连点头，伸出手摸着自己的脸，娇羞地笑着："我也这么认为。小时候背《诗经》，觉得里头的句子好美。"

林睿平只觉得江岫蕙的声音绵绵柔柔的，双眸顾盼流转间，眼波如滴，突然想起了诗经的那几句"手如柔荑，肤如凝脂，巧笑倩兮，美目盼兮"。

他移开了目光："是挺美的。"

此时，外头开场的音乐响了起来，却不是早前定好的《春之声》，而是另外一首没听过的曲子，似乎是探戈舞曲。

紧接着一阵喝彩声。

林睿平心往下一沉。

他在这里，那么是谁在和李瑶跳第一支舞？

林睿平快步走到舞会那儿。众人本是团团围住，见是他来，就自觉让出一条道来。

江岫蕙跟了出去。她一眼就认出来那个与戴着黑色面具、穿着深蓝色西装的男子贴身热舞的年轻女子就是李瑶。

只见她戴着银色蕾丝贴羽毛狐狸面具，身上是白色大裙摆露肩洋裙，上面镶着无数的水钻，在灯光下，熠熠生辉，似将满天星星都穿到了身上，让人挪不开目光。

众人一边看着那对男女跳舞，一边留意着林睿平的脸色。

远处的胡世钧一时没忍住，笑出了声，赶紧捂住了嘴。杜汝森却跟着笑起来："幸亏林三也戴着黑色面具！"

嗡嗡的议论声由小渐大，林睿平的心彻底沉了下去。

原来那些不是谣言。

江岫蕙也咬着嘴唇，一脸担忧地看着李瑶。虽然现在对女子宽容了些，但人言可畏，传统的力量还是很强大，对女子的要求还是很多。

梅素芬生怕李瑶动了真格，发急了，赶紧找到李琪："李二哥，你赶紧去请甄姨过来！"

甄姨就是李家兄妹的母亲，李岳霖的正室夫人。

虽说时代不一样了，年轻的男女跳一跳舞，算不得什么。但众目睽睽之下，李瑶明知道未婚夫林睿平在场，却还是拉着绯闻对象去跳第一支舞，就不对了。要是她再说了什么，那事情就闹大了。

李琪也瞧出了不对，赶紧出去。

却不想一曲未终，李瑶突然推开了那男子，转了一个圈，站定，揭开半脸面具，含着一抹志在必得的笑，高声道："诸位，我有一件重要的事情要宣布。我——李瑶跟林睿平的婚约取消！"

梅素芬与江岫蕙不约而同地深深叹气。

而李瑶身边的那个男人，却只是随意弹了弹上衣，抬脚就走，把李瑶一个人留在舞池中央。李瑶神色顿时就僵了，脸上的笑差点挂不住。

李太太随着李琪进来，见到这一幕，只觉得天昏地旋！霍振濠把她女儿当什么了！又想起老爷事先的叮嘱，她勉强站住了。

音乐停了，灯光大亮，这时候林睿平却走了过去，站到李瑶身边道："诸位，解除婚约是我提的。现今倡导自由恋爱，我十分认同。李女士再三考虑后，尊重我的选择。从此，男婚女嫁，各自珍重。"

他慢慢地摘下面具，神色十分平静。

这席话，林睿平分明是撇清了李瑶，把所有的责任揽到自己身上了。

李太太长长地松了一口气。

那一头，林睿平戴上了半脸面具，朝李瑶欠身，伸出手道："美丽的密斯李，你是今晚当之无愧的公主，愿意赏脸，与我跳一曲华尔兹吗？"

这是在为李瑶解围。

李瑶立即戴上面具，感激地将手搭上去说："我很荣幸。"

悠扬动听的旋律响起，两人翩翩起舞。俊男美女，似乎是一对璧人。

李琪立即邀请了梅素芬，跟着步入了舞池。紧接着，一对对年轻男女也跟着进来跳舞。化装舞会继续进行，还是十分热闹，但是那种热闹，像是在虚张声势，变了味道。

曲过一半，李瑶打破了沉默，轻声说："谢谢……还有……对不起。"

林睿平口气淡淡地说："没事。"他已经猜到了几分原委，"道不同，不为伍。我尊重密斯李，还有你们全家的决定。"

李瑶不好再说什么，目光游移，下意识地去找霍振濠，在舞池里，没看到他的身影，才长舒一口气，又将目光转到舞池外，找了一会儿，却见霍振濠手摇高脚酒杯，醉眼迷离，拦住了江岫蕙，心里又气又急，脚下的步子就错了，重重地踩了林睿平一脚。

林睿平吃痛。

李瑶忙跟上拍子："对不起。"她犹豫了一瞬，"能再帮一个忙吗？帮我把那个女孩子送回家。她是我同学。"

林睿平顺着李瑶的目光看过去，只见霍振濠含着不怀好意的笑步步紧逼，江岫蕙左躲右闪，急得都快要哭了，最后被逼入死角，如寒风中纤细的小草般瑟瑟发抖。偏偏旁边人没有一个上前阻拦，反倒有几个纨绔戏谑地吹起了口哨。

他的眉头不由得皱起来，放开了李瑶。"好！"

梅素芬丢开了李琪，走到李瑶身边。她的脸色不太好看，说："多少留点余地。"

李瑶下巴抬了抬道："素芬，你这是怎么了？不过是个乡下来的！逗乐而已。"

梅素芬嘴角没有一丝笑容。"不错，岫蕙是乡下来的。不过，我拿她当真朋友！"说完，她转身就要走。

李瑶脸色微变。

李琪留意着这两人的动静。"你们是怎么了？"他一手牵住李瑶的手，紧接着伸手去拉梅素芬，和着稀泥，"我们去外头瞧瞧。

正在唱《武家坡》呢!"

梅素芬敏锐地察觉到,李琪对于李瑶与林睿平退婚、再与霍振濠结婚之事,态度是不甚明朗的。怪不得外头风言风语会有那么多!要没有李家的放任,她就不信,那些话能有一个字传到外头去!

南洋霍家,富可敌国;再加上自己的父亲,军权在握!

原来如此啊!李家好谋算!

她不客气地推开了李琪的手:"你们自己去吧!"

《武家坡》大唱男子的齐人之福。她听着就恶心!

这一刻,江岫蕙十分后悔来这里。没有一个人出面阻止,哪怕是带她来的李瑶也没有理会。她心里绝望透顶,低着头,眼泪直在眼眶里打转。

霍振濠慵懒地笑着,一手撑在墙上,几乎将江岫蕙圈在怀中。他的身子微微前倾,轻轻地吹了口气道:"小丫头,别躲啦。我只是想教你跳舞。"

江岫蕙咬了咬嘴唇说:"放开我,好不好?"

霍振濠收起了笑:"不好!"他伸出另一只手就要去摸江岫蕙细软的腰肢。

下一瞬间,他的手猛地被捉住了。

"放开!"

此时此刻,林睿平的声音落在江岫蕙的耳朵里,如同天籁。

她猛地抬起头,哽咽着:"先生!"话说到这里,她就撑不住了,捧着脸大哭起来。

霍振濠坏坏地笑着说:"我当是谁呢!原来是林三公子啊!久仰久仰啊!"他将林睿平的手用力甩开,直起身子,口气不善,

"这小丫头，我看上了。她又不是你的未婚妻，你呀，就别管闲事了！"

说到"未婚妻"三个字时，他特意咬重了音。

众人会意，忍着笑。只有胡世钧没忍住，笑出了声，赶紧捂住了嘴。

林睿平紧绷着脸色，说出的话掷地有声："就凭她是我学生，这事我管定了！"

霍振濠的目光在林睿平跟江岫蕙之间打了个转儿，扬眉大笑道："你的女学生？"他松开了手，"那是要放的。"最后一个字，他拖长了音，暗示着林江两人关系"匪浅"。

在场的年轻人，本就是纨绔居多，这下子一个个都笑了出来。

林睿平立即将江岫蕙护到了身后道："住口！"

江岫蕙鼓起勇气，抓着林睿平的袖子，探出个头，含泪分辨："你少胡说。我跟林先生才第二次见面！"

在此起彼伏的怪笑中，她这样的解释不仅苍白，反而越描越黑。

林睿平脸色十分难看，侧过脸说："别理他！"

众人的目光都凝聚在这里，霍振濠眼睛一眯，高声唱起了歌："两人一见多亲爱，坐在一排，情话早已念熟，背书一样背了出来。"

本就是去年流行的歌，有几位纨绔便打着拍子，跟唱起来。

梅素芬走了过来，冷着脸："你唱《特别快车》？"

霍振濠朝她欠欠身，嬉皮笑脸地说："良辰美景，难不成要唱《旗正飘飘》？"他环顾四周，遥遥地朝远处旁观的李瑶挤眉弄眼，"那就太煞风景了！"

梅素芬瞪着他说："我还宁愿你唱《抗敌歌》呢！霍振濠，我告诉你，这儿，可不是你的南洋！"

霍振濠不住地点头："多谢梅七小姐赐教。"他又向着林睿平道："林三公子。"见林睿平带着江岫蕙就要走，上前拦住了这两人，欠欠身，"我霍某人还有一个不情之请。"

林睿平皱着眉头："说！"

霍振濠先朝李瑶丢了一个飞吻，再向着林睿平道："不久之后，就是我跟瑶瑶的婚礼，想请你做我们的男傧相。不知林三公子是答应呢，还是答应呢？"

名为邀请，实为炫耀与取笑，简直是把林睿平乃至林家的颜面往地上踩。

饶是林睿平修养再好，也忍不住，勃然大怒："霍振濠，你欺人太甚！"

众人反倒不好再笑了。到底都是熟人，还都是有头有脸的，真要闹起来，不好看。况且这事儿本就是霍振濠跟李家不占理儿。虽说林睿平担下了责任，但究竟是怎么回事，众人都心知肚明，不过是碍于面子，不捅破那层窗户纸罢了。

杜汝森上前道："小霍，你喝多了。"他一边说，一边把人往旁边拉。

李家兄妹作为主家，这个时候，才姗姗出场。李瑶抱住梅素芬的胳膊："我母亲说想要见一见你呢！"

抬出了长辈，梅素芬不好不理会。

李琪去招呼林睿平："是啊，小霍喝几口酒就这样。睿平老弟，我替他先赔个不是，你教养好，别跟他计较。等过几天，我叫他摆桌酒请你！"

林睿平抬起脸。他是好脾气，但不意味着他没脾气。一开始不来圆场，这时候才来不过是敷衍！他看也不看李琪，声音里多了几分硬气："不必了。"回过头，对江岫蕙说："我们走。"

江岫蕙赶紧跟着走。

李琪忙笑着说："我送你。"

"不用。"林睿平脚下的步子加快了几分。江岫蕙一路小跑跟上。

李琪也没追过去，不以为然地笑了笑，走过去，从桌子上拿起了两杯红酒，递了一杯给霍振濠："小霍，我们继续乐。"

歌舞依旧升平。

杜汝森摸着下巴，悄声对胡世钧说："看来，传言是真的。"

林睿平的父亲林望之传言要被迫去"养病"。林大公子和林二公子前程势必也会受到影响。

胡世钧微微摇头道："李家也太……"说到这里，他也不好多说了，晃了晃酒杯，继续跟杜汝森喝酒。

外头月光正好，但林睿平无心赏月。他见江岫蕙走得慢，放缓了步子。

他没有说话，江岫蕙也是个喜静的，没有主动开口。于是两人便一前一后，只差半步，静静走着。

忽然，林睿平听见"哎哟"一声，忙停住了。他侧身一看，江岫蕙跌坐在地上，头半低着。

林睿平赶紧去扶，问："没事吧？"

江岫蕙脸涨得通红，站起来后，忙推开了林睿平的手道："林先生，没事的。"

林睿平关切地说："我去叫辆黄包车吧！"

"不用了。"江岫蕙飞快地抬起了脸，瞟了林睿平一眼，复又低下头，羞涩地一笑，说话声温柔如水，"是我穿不惯高跟鞋，刚才没走稳。不要紧的。这儿离我家不远。"

林睿平心跳漏了半拍，目光飘忽起来。"哦，这样啊？你府上是哪儿？"

江岫蕙说："我借住在三堂叔家文公馆中。"

林睿平很快就明白江岫蕙说的是文承晖，顺口夸了他几句，然后说："他夫人跟他去了美国，平时谁来照应你啊？"

江岫蕙腼腆地笑着说："我自己可以照顾好自己。"

林睿平轻轻点头："那就好，你趁着年轻，可以多读书。"

江岫蕙"嗯"了一声，神色微微黯然："读不了多久了，下午接到电报，家父病重，明日就要归乡，主持中馈，照顾幼弟。"

林睿平脚步一顿，继而缓缓地点了点头，没有再说话。

江岫蕙就这样安静地跟在他后面。快到文公馆前，江岫蕙抬起头，去看门前的路灯。

灯光雪白，只照亮了一小方地。这光很淡，里头仿佛有无穷无尽的怅然若失。往后山一程，水一程，她大概再也梦不成了。

她的目光再往上，今天月色真的很好很好，好得多久以后都会忘不了吧！

迷蝴蝶

收拾过后，出租屋干净了许多。

我对胡叠说："时间不早了，我去洗个澡，然后就准备休息了。"

他问："那我睡哪儿？"

我很无奈："懒人椅凑合一下吧。"

胡叠是我发小，不请自来，我虽然不好意思不收留，但也没能力管太多。到底我在南江，如他所见，很落魄。

我说："我真得睡觉了，明天还得起来码字写小说呢，不然的话，下个月的房租都没有着落。"

让我每天如此自律地坐在电脑前，不是我有多么想红，而是为了糊口的那一点碎银子。

熬了这么多年，脾气早就被磨得差不多了，能有一口饭吃，我心满意足。

我很快冲了个澡，然后就躺下了。

出租屋是二十来平方米的一居室，堆了不少东西。

我一个人独居了好几年，现在多个胡叠，我也没有一点不自在。我和他打小就在一块，谁不知道谁底细。

胡叠很无语："你没把我当男的看啊！洗完澡就裹个浴巾出

来了!"

我很淡定:"有问题?"

反正我是不尴尬的。

胡叠转过了脸:"有没有人告诉你,你长得真的挺好看的,就是因为没有收拾,看起来邋遢。"

我说:"我一个写手,又不需要出门,每天想剧情都想不过来,哪有空管别的?我不想想那么多,现在就想睡觉。"

容貌对我来说不重要。每天睁开眼睛,有一大堆工作等着我呢!

活着都要拼尽全力,我才没有时间去在乎那些细枝末节的事。与其考虑这些,还不如去想想看明天早上吃什么。一条漂亮的裙子,不如一碗温热的白粥,让我觉得舒适。

胡叠说:"你睡吧。我坐着。"

我也不多说什么,很快就钻进了被子里,关了灯,不一会儿就睡过去了。

等我醒来的时候,胡叠在椅子上也不知道坐了多久。

他看到我来了,露出一个笑容:"你醒了啊!"

我看了一下手机,已经早上九点多了。

我起来伸了个懒腰,然后刷牙洗脸。胡叠已经手脚麻利地煮好了面条,还打了两个荷包蛋下去。

我吃了后,立即表扬:"溏心鸡蛋做得真不错啊!"

胡叠认真地说:"要自己做饭的,天天吃泡面对身体不好。"

我不太在乎,说:"这不是图省事嘛!"

胡叠说:"身体很重要。"

我嘻嘻哈哈地继续码字。

说起来也很好笑。我明明就是个苦哈哈的码字工,却要想象着自己坐在豪华的餐厅里，吃着各种美味佳肴，出入各种豪华的场所，开着豪车住着豪宅，过上了人们想象不到的豪华生活。

对，那些剧情全都是我想出来的。

真正有钱人的生活是什么样子，我也不知道。

反正看我小说的也不是真正的有钱人，也就无所谓了。

现在有语音输入，我码字特别快，想到什么说什么，然后稍微修改一下就可以。

基本上一个小时能写三四千字，多的时候甚至能写到差不多六七千字。这样算下来的话，我一天能够写两三万字。

就是有时候会卡文，也就是想不到要写什么。毕竟这是要有剧情的，不能总是那么水。要是水的话人家会弃文，不去购买我的章节，我的收入就会大打折扣。

有大纲，但是大纲是一个大体的走向，有时候写着写着会偏离剧情。

而且我的大纲也做得不细，没有把每一个章节的每一个点都写出来。一些具体的场景，还是需要我临时去想。

所以我也是写写停停的。状态好的时候写得很顺畅。但是如果不顺畅，磕磕绊绊下来一天可能一个字都写不出来。

当然大部分的时候我的状态还行，一天能写一万字以上。

这些年，我打算多写一点多挣一点钱。今年行情不太好，我有些后悔前些年太懒了。当时日更六千字就够，我一完成更新任务后，就懒得再往下写了，就跑去休息玩手机。

我很宅，休息的时候就是睡觉或者躺在床上玩手机。除了去超市买点东西，然后去附近逛一逛，我不去其他地方。

宅在这里，要是没有手机电脑，看不到日历的话，真的不知今夕是何夕。

但是这样很好呀，生活成本大幅度降低，真缺什么直接上网去买就可以了，快递小哥会直接送到楼下的快递柜。

胡叠说："我来做饭吧。自己做的干净卫生一点。"

他也是初学者，便从网上下载了一个教做菜的APP。

我说："最近这些天我要攒稿子，想存个六七十万字，不出门的。"

胡叠说："别太累着自己。"

我算了一下，一天二十四个小时，除掉睡觉吃饭洗漱的时间，剩下十四个小时都可以工作，我全力以赴去写，一天争取写三万字左右。

我说："现在日更万字是基本操作。上午争取先把今天的更新量写出来吧。"

胡叠说："你写稿速度挺快啊，质量能高吗？"

我说："网文不就这样吗？反正剧情都已经设定好了，大体上不偏离也就可以了。"

我看了他一眼，笑眯眯地说："要不我写个都市传说吧，比如说有《午夜地铁》《深夜公交车》《电锯惊魂》。哎呀，我就是这么一说，我看这种片子不多，想起来的也不是特别多。"

胡叠说："你还记得昨天晚上的地铁吗？"

我想了想说："地铁不挺正常的吗？"

胡叠说："那个点应该没有地铁了。"

我说："你看错时间了吧！挺正常的！"

胡叠说："我总觉得这个小区怪怪的。"

我顺着他的目光看去，小区楼下一个人都没有，冷冷清清的。

我不太在意。

这样的情形，我已经习惯了。

这是南江的城郊，在这里租房的都是打工人。现在工作不好找，生活成本还在提高，好多人都回老家去了。剩下的这些人除了上下班，能不出门也就不出门了。

反正，别的都是空的，留着小命挣钱是最要紧的。

马上要到月初，我看了一下上个月写稿子的数额，计算了一下收入。

房东是不出现的。我直接把房租定期转到他提供的银行卡账号上，水电费也都是绑定了支付宝。也就是说，我足不出户，几乎都可以在这里生活到天荒地老。

唉，我又想起了天荒地老，反正我宅在这里好几年了，也没认识几个邻居，毕竟我太宅了，几乎都不出去活动。

我说："我之前觉得一个人打字挺无聊的，有时候会想买一只猫陪着自己。但一想到养猫要花钱，还要花精力去照顾就算了。"

我自己养自己都已经很费劲了，实在是负担不起别的。

我问胡叠："现在工作很难找，你打算做什么呢？"

胡叠说："不知道，我先在网上接单。"

胡叠比我小两岁，读了名牌大学冷门专业的研究生，到现在还没有找到一个正式的工作。

他考编只能报三不限，考不过人家。老家的工作用不到他这个专业，就来南江碰碰运气。

胡叠一开始是带了他爸妈给的三千块来的，住小酒店。谁知道钱花光了，但他工作还没有着落，就敲了我的门。

我说："我先不跟你说了。去写稿子。"

工作时时间过得非常快。

我捧着手机边走边讲。

这样我写稿子的速度提上去了，但语音输入的文章是有些乱的。不过这也没事，我再花个十几分钟修改一下就好了。

上午码字特别顺利，一下子就写了快两万字。我非常高兴。要是这个状态能保持下去，存稿六七十万字，一个多月就能搞得定。

我对胡叠说："中午我切点肉，炒个肉片吧。我手艺不大好，只能保证熟。要吃好的，还得是外面的。"

胡叠太清楚我的底细，嘴角微抽道："你是水煮吧！还是我来吧！"

他看了一下冰箱的存货，然后动手炒了香菇豆腐干肉片，在上面撒了一点葱花。

葱是我自己种的。我在屋子有阳光的角落摆了几个泡沫箱，种了点小葱、大蒜、青菜等。

胡叠还做了番茄鸡蛋汤，里面放了豌豆。

嗯，不得不说他做菜很有天赋，虽然是对着菜谱现学现做，但味道很不错。

胡叠很自觉地洗了碗。

他说："我看你冰箱有好多丸子，我们晚上煮火锅吃吧！"

我说："我只负责吃，你怎么弄都可以。"

我这有很多食材，装了满满当当一个冰箱。

出租屋里其他家电都挺小的。但是冰箱，我特意买了双开门超大容量的，里面可以存下很多食物。尤其是冷冻柜，我冻了很多肉、豆腐干、鸡翅鸡腿、牛肉、鱼和各种肉丸子。我还有火锅底料，在家就可以做火锅吃。

除了这些吃的，我还囤够了米面油，还有各种调料，甚至连可乐雪碧咖啡等饮料也是一应俱全。

胡叠说："你这吃的真不少！"

我说："对啊，作为一个宅女，我是很合格的。要不是我喜欢吃素菜，我都可以三五个月一直不出门。"

胡叠说："你以前不怎么出门吧。"

我说："对啊。总觉得出门人多，要是遇到点事，麻烦。"

我吃完，收拾好了碗筷，便在房间里边转圈边写稿。

胡叠也坐到了电脑前，说："没想到最后要靠画图挣钱。"

我说："能挣钱就挺好的。我也打算学点技能。万一以后要是写不出来稿子了，还能有个技能可以过活。"

我写稿子的速度够快，存够稿子，就有时间可以学一点其他的技能。

活到老，学到老。

总是要刷一下自己的技能，保证到老的时候，还能靠自个吃上一口热乎的饭。

胡叠说："可惜了，专业课上的知识没办法用。"

现在能有个专业对口的工作非常难得，大部分毕业生能找着收入还可以的工作就不错了。

我晃了晃手机，说："我继续写稿子啊。"

我在房间里晃来晃去，稿子写了三千字。现在这个输入软件的识别率比我最初用的时候高多了，我写起来就更快了。

我稍微修了一下文稿，就觉得有些困。我笑着说："我去午睡。我昨天下单了行军床，今天下午应该就可以到了。"

我睡得正香的时候，隔壁传来锯子嘎吱嘎吱的声音。我没搭理，翻了个身，继续去睡觉。

这里是老旧小区，有人买了二手房，住到这里来，然后就开始装修。

估计是楼下的房子又卖掉了，新的主人开始装修。

我这个人睡眠质量很好，转了个身，发现胡叠躺在了我的旁边。

我吓了一跳，醒了大半，说："你怎么躺这儿了？"

虽然很熟了，但是一个大活人躺在旁边，还是觉得心里膈应得慌。

胡叠说："太累了，我都两天没躺着睡了！就让我这样躺着吧。我总感觉这里怪怪的。"

我横了他一眼。

哪里奇怪了？一切都很正常。

我说："好了，我继续睡觉。睡饱了，才有力气吃饭，然后写稿子。"

我这一觉睡得十分沉，梦里虽然隐隐能听到吱呀吱呀的声音，但是不耽误我美美地睡着。

等到下午快五点，我才彻底清醒过来，再仔细一听，已经听不到任何的声音了。

这里还是比较好的，装修不会在半夜三更，一般都是上班的点在弄。要不是我是个宅在家里码字的，我压根儿就不会听到这样的装修噪声。

当然，这点声音还是在我的忍受范围内，只要不是半夜弄出这声响，我一点意见都没有。

都是邻居。对方既然半夜不扰民，我也不会提意见。

我睡饱了，心情很好。胡叠已经把香肠切成了薄片。

我站在旁边，说："看着就挺好吃的。"

胡叠说："关键是做火锅不费事。"

我对胡叠说："这些天，我就不出门了。等下你去拿快递。"

这时，响起了门铃声。

咦？有门禁，快递一般不送上楼。来人肯定不是送快递的。

我在这个城市也没几个朋友，一般不会有人给我打电话，更不可能来上门了。

我打定主意不去开门。

可是铃声持续不断地响着，让我觉得很烦。

我对胡叠说："你去看看是谁吧。"

胡叠走到门边，透过防盗门的猫眼看了一下，说："没有人在啊。"

没有人在，门铃还响着？

一听就不是什么好事。

我说："那就别管了。"

好奇害死猫。我能安安稳稳地活下来的很大一个原因就是宅，不去凑热闹，更不爱多管闲事。和自己没有关系的事情，我一定不会去搭理。所以，现在我也不去管了。

在我眼里，门铃响这个事，还不如火锅里的一片肉让我觉得高兴。

没过多久，门铃就不响了。不响就好，不然听着也怪烦的。

胡叠安静地洗碗，我继续在屋子里，转圈写稿子。

看胡叠这个样子，也不知道他会在我的屋子里住多久。两个人吃东西，胡叠还喜欢花式做饭，我打算再买个冰柜，可以存更多的食物。

我还是要努力去写稿子，让自己过上想吃什么就可以吃什么的日子。

可这时候，门铃又一次响起。

不等我说，胡叠很自觉地跑到门边一看，说："刚才有个身影，一闪而过。我再去看，就没有了。"

我终于察觉到了不对劲，说："妈啊，我不会被什么人盯上了吧！"

这是个什么事儿啊！

我就想安安全全地宅在家里，好好地写一个小说稿子，也不是什么有钱人，怎么就给人盯上了呢？

我有一点毛骨悚然，想起了之前在刷本地新闻看到的各种奇奇怪怪的案子，感觉特别害怕。

算了，坚决不开门。

反正我这段时间都不用出门。

胡叠说："我守在门口吧，一有动静就告诉你。"

我说："好。"

幸亏家里还有个胡叠在，不然我一个人肯定害怕极了。

这一打岔，我写稿子的速度就慢下来了。

不能这样，我还要多写稿子多挣钱呢！于是，我强迫自己静下心来，继续去码字。

铃声过一会儿又响起来了。

然后，胡叠走过来说："是一个男子，看着很魁梧，戴着帽子，还戴着口罩。"

我说："那就坚决不开门。"

我在这里可不认识什么男的，一看就不是什么好事，干脆就不理会。

铃声响了好几次，没有反应，然后他就去按我对面的门铃了。

胡叠是一直守在那边看的。

他走过来说："对面的门开了，然后那个男的进去了。"

又过了一会儿，胡叠又过来说："那个男的出来了，一个人，手上多了一瓶酱油。"

我看了一下表，十分钟刚刚过去。那个男的手上有酱油瓶，大概就是要去借酱油的吧。

不对。楼下就是小杂货铺子，里面也卖酱油。那个男的按门铃的工夫都够他下去买一瓶酱油的了。

我说："我以前读大学的时候，我家里人就跟我说遇乱则离。我上次买的，够我们吃个把月的，干脆这一阵子都不出去了，反正我是要闭关赶稿子的。"

胡叠说："好吧。"他顿了顿，说，"我是真觉得这事情不太对劲。"

我有些茫然，张了张口，最终什么都没有说。

我们在家里宅了七天，门都没出。

胡叠也不出去，他接了两个单子，忙着设计。

开头三天，门铃到晚上那个点还会被按响。到第四天的时候，就没人再来按门铃了。

耳根是安静了，可我还是觉得害怕，干脆下单了一个大冰柜，还在网上买了很多蔬菜，又买了鸡蛋、肉、面条、米、油之类的东西。快递到了楼下，我叮嘱快递小哥放下就走。然后等上下班人来人往的时候，我再让胡叠把东西搬进屋。

有了新买的这些，再加上我冰箱里存着的，我们接下来的很长一段时间又可以不出去了。

胡叠看着我说："日子挺无聊的。"

对啊，宅家是真的挺无聊的。忙完一日三餐，我就开始写稿子或者玩手机，胡叠就是设计然后玩手机，也想不出来有其他什么事可以干。

但我和胡叠天天在一块儿，单身男女，在一个屋子里大眼瞪小眼，好像真处出来感觉了。

这样也不错。

反正胡叠人挺好的，长相过得去，两家关系也不错，我没意见。

反正我也是普通人，更没空去和外头人接触了解……

已经是晚上了，我打开了厚重的窗帘，对面楼层几乎暗着，偶尔零星一两家有灯火，看上去是难得的暖。

我抬头看，天空中有一轮月亮。那月亮是红色的，像狼的眼睛一样。

我关上了窗帘。

手机响了一下，本地新闻那一栏跳出来了一则紧急寻人启事，一个年轻的女孩子消失了好几天。

现在在找人。

新闻里公布的画面显示这个女孩子最后出现在我们小区附近。

我们小区里面是没有监控的，看门的是老大爷，物业基本上除了看门扫地以外，其他事儿也是不做的。

我嗅到了紧张的气氛，但我不敢往下想。

胡叠默默地支起了行军床，说："吃饱了就早点休息吧！"

饮食男女，一日三餐，不就是这样一天天晃晃悠悠过下去吗。

没有意外，没有故事，就已经很好了。

第二天起来，又是阳光灿烂的一天。

太阳暖和的光照在了我的窗户上，胡叠已经起来做饭了。

仿佛岁月很静好。

他说："我们今天吃饺子。"

家里的面粉是有的。

胡叠揉面，然后把面团子分成小块，再用擀面杖把小面团摊成一个小小的圆薄片，再包上了肉馅，就是饺子。

我说："这样吃，会有一点油腻吧！"

胡叠说："肉馅里面放了萝卜、香菇、大白菜，我还加了姜末、蒜末、料酒解腥，到时候蘸着辣酱吃，味道不要太爽。"

他包的饺子造型不咋样，大大小小、歪歪斜斜地摆在了案板上，但味道好就可以了。

我们开开心心地干完了饺子。

我摸了摸肚皮，真舒服啊！天天有现成饭吃的感觉真好。我以后要买各种种类的食材，这样才能吃得更好！

吃饱了，我抓紧时间写小说。一天到晚忙忙碌碌的，不能生病也不能休息，得到的报酬只够让自己饿不死，往深处想，人生真的很没有意思啊！

我说："人生没有什么大的意义。有时候觉得那么努力干什么呢？"

胡叠摸了摸下巴，说："也许，我们所有的意义就在于过程吧。"

这时候，我又听到了滋啦滋啦的电锯声。

胡叠说："下面又在锯了。"

我们刻意把这个声音忽略了。

到底这是一件很小的事情。每天新闻里大事层出不穷，这点异常根本不会被关注的。

在这个庞大的城市里头，一个人的消失可能几年都不会有人知道吧，更别提冒出个莫名其妙的电锯声。

我说："我突然有一点想找个人在一起了。一个人实在是太孤单了，万一生病了，万一怎么着了，就连个喊的人都没有，挺难的。"

胡叠说："不是还有我吗?"

我说："行啊，咱俩凑合凑合。"

胡叠仔仔细细地看着我的脸，笑着说："唉，你还是要收拾。不收拾，就更不好看了。"

好吧，我们就这样稀里糊涂地成了男女朋友……

反正我就是纯粹的路人甲，在人堆里面根本就不会有人多看我一眼的那种人，对另一半要求也没那么高。

不过，作为一个十足的宅女，收拾自己对我来说真是一种负担。

我把大量的时间都花在码字上头了，剩下的时间拿来处理日常生活，一天天就这样过完了。就这样周而复始，一日复一日，一年又一年。

我说："好好好，我去把我的高跟鞋翻出来。"

我已经很久都没有穿过高跟鞋裙子了，记得上一次穿还是在大学时。然后我就想起了我的大学舍友，其中有一个人就住在这附近。

说是附近其实也不算太近了，坐地铁有两站路，那有一个别墅区，她应该就住在那里。她是我们那一届的校花，学习好、长得好，然后在大学参加活动时认识了一个有钱人，很快就嫁给了有钱人，从此就过上了非常富足的生活。

我看过她的朋友圈，她过上了名媛生活，名车好表，反正各种豪华。

我说："我还是随便穿穿吧。"

胡叠说："衣服还是要买牌子的，人靠衣装。"

我说："唉，买吃的吧！看看我舍友，她不用工作就能过上豪华的生活。你看看我这么认真工作也就是这个样子。这个世道挺不公平的。"

吐槽了一下，我就笑了。没啥好自怨自艾的，自己和自己比，小日子越来越好就好。

我刷到了她最新的朋友圈。

这都毕业多少年了，她越长越年轻了，还是跟小姑娘一样。

有钱人保养得好，化妆技术跟得上，这么多年，依然是漂漂亮亮的。

朋友圈下有共同的朋友评论说她逆生长。还有人在说她，是不是去某某国做了整容手术。她都是发个微笑的表情包。

我只是默默地点个赞。

胡叠说："其实你可以回家工作的，中文系，在老家那边找个文员的工作也不算太难。"

我说："出来这么久了，没混出个什么名堂，现在回去总觉得灰溜溜的。"

胡叠说："混不出来有什么办法呢？要是有合适的工作，我也就回去了。我现在回去，找不到合适工作呀！"

我只是本科毕业，回去找一个月薪两三千的工作，心里没有负担。但胡叠不一样，他是好学校的全日制硕士研究生，天之骄子多少年，就这么平平常常地回去，跟普通大学毕业生一样找个公司打工，拿着差不多的工资，自己过不了心里的那一关。

我无奈地笑笑，摸出手机，拨打通了我妈的电话。

我说："妈妈，你在家吗？"

妈妈说："在啊，怎么突然打电话了？是不是遇到什么事儿了？"

我说："没什么，就是今天的稿子写好了，有时间，就给你打电话。"

妈妈说："上次我给你讲的那个工作你考虑得怎么样？是到开发区的一个厂里头，工作三班倒，待遇底薪两千五一个月，管两顿饭。"

我说："我们回家再说好吗？电话里头几句话也说不清楚。"

妈妈说："你还是回来工作吧，家里都替你担忧的。"

我和妈妈聊了几句，都是家常的话。

这一刻的温暖，我有一些贪念。有父母在，我回老家还有一个可以落脚的地方。如果有一天我真的在南江熬不下去了，也会像那些离开的打工人一样，拎着包就回家了，家里总短不了我一碗饭吃。

我打开播放音乐的 APP，里面随机放着一首歌。

这是一首很奇怪的歌，用英文唱的。

我问胡叠："旋律好奇怪。你听得懂吗？"

这首歌我根本没听过，再去搜就找不到了。

胡叠过了英语六级，听力不成问题。

他凭着记忆，开始翻译："我是一个人偶娃娃，我一言不发，我拉着一个白衣娃娃，在蹦蹦跶跶。哇，我都是假的呀！一个漂亮的小女孩给我穿上漂亮的裙子，一个同样漂亮的男孩把送给女孩的发卡给我带上。我的眼睛眨一眨，裂开了，一下又一下，后来啊，女孩男孩跳起了华尔兹。然后成了秘密，在土里哈哈哈地长着花。我是一个漂亮的人偶娃娃，我从一个主人到另一个主人再到另一个主人的手里。眼睛眨呀眨，笑哈哈。"

我想起了以前看过的黑童话，只是当时看的时候匆匆扫了一眼，没有仔细研究。

胡叠有些奇怪："这是什么意思？"

我说："人偶娃娃的故事。具体搞不清楚，反正不用管太多。"

我看了通话记录，2 分 16 秒。

我摸了摸屏幕，在心里叹了一口气，妈妈呀妈妈，我真的很想再见到你，可是现在就这么回去，有些不甘心呢！

早年我们这个行业的很多人挣得盆满钵满，但后入行的我，明明比别人努力，但还是很一般。我也有自己的想法，但是市场不想看这样的故事……我只能在套路里，机械地完成工作而已。

现在的我真的就是一个人偶娃娃了，像机器一样不断重复着写了很多遍的桥段。

算啦，不多想，想再多也是没用的。毕竟，事情到眼前才知道是怎么回事。

这几年的日子让我彻底明白了。命运的副本是连预设都预设不了的，就跟开盲盒差不多，谁知道接下来的剧情是什么样的模式？那就走哪儿算哪儿吧。

反正，我在最初的时候也不能猜到现在会遇到什么事。既然肯定猜不到，那就等事情一步步发展，再去面对吧。

况且，不面对也没办法，不是吗？

我往下看，小区很安静，好像从来没有出现过奇奇怪怪的事情一样。

人们都是健忘的，很快就忘了那些偶然，都下意识地以为自己的生活一直过得特别平静。

又是和昨天重复的一天，我和胡叠依然宅在出租屋里，整天工作维持着生计。

我还是捧着手机，念着稿子。写到一半，我突然抬起头，看了看周围，轻轻地问："胡叠，我们现在所在的是现实世界吗？"

真实和虚幻，我都分不清楚了。

会不会这像是套娃，一层接着一层，我根本没在现实里，而是在一个接一个的小说世界里？

每天都在写稿子，在真实的世界和小说世界来回穿梭，有时候，我会忘记，自己究竟是戏中人，还是写戏的人。

胡叠正在做火锅，说："等下可以吃火锅了。"

锅里热气腾腾的，冒着香气。

这次火锅里放了五花牛肉卷、肉丸子、虾滑、粉丝、大白菜、菠菜，都是我爱吃的。

我看着胡叠，然后慢慢地笑了。

管他是真是假，日子过得开心不就好了吗？这样就可以了。

我伸出了手，然后稳稳地握住了胡叠的手。

这些日子，正是因为有他，我才能笑着去面对越来越大的压力。

好在，有他。

幸好，有他。

要是一直能这样下去，很好！

月光长在梦里

夏天很炎热，庐州一连很多天都逼近四十度。

陈云云拿到了南江一家律所的 offer。

这家律所在南江很知名，按业绩给绩效。她打听过了，只要拼命工作，就算是年轻人，也会挣得很多。

这就够了。她对这个工作很满意。

在南江租的房子她也定下来了。来南江打拼的几个年轻人一起租的，分摊下来租金不高，地段很好，生活便利，还紧挨着她的律所。

生活一下子变得明朗起来，她没有了之前的迷茫焦躁，整个人的心绪都平静了下来，总是笑眯眯的。

但她内心有一丝隐忧，就是怎么跟周知开口呢？

周知是她学长，两个人是在图书馆里认识的，那一年，陈云云读大一，周知博士快毕业，两个人很快就在一起了。

再后来，周知在庐州一家大专院校当讲师，事业刚有起色。

陈云云心里有数，周知对她是真的很好，根本挑不出来一点毛病，这些日子在她找工作这件事情上没少费心思。只要陈云云点头，在庐州工作不成问题。

可是周知替她找的工作没有成长空间，很稳定，但是收入低，一辈子也就这样了。

陈云云还年轻，不想就这么早早地决定自己的一生，总想着到外面的世界去闯一闯。

南江的生活是未知的迷梦，有无限的可能，牢牢地吸引了她的目光，而且她确实有不得不去南江的原因。

太缺钱了！而且缺的不是一点点钱。

于是，陈云云不声不响地报名、笔试、面试、体检，一路过关斩将，然后顺利地找到工作。

忙碌的时候顾不上想其他的，可是当她把一切准备好，即将入职时，突然发现她应该要和周知摊牌了。

好像她不得不开口说了。

可是这怎么跟周知说呢？周知根本就没想到她会背着他去做这一切。

在周知的眼里，陈云云还是个小女生，处处依赖着他，事事需要他做主。周知也很乐于做陈云云的人生导师，处处指点。如果陈云云是个漂亮的风筝，那么在周知眼里，他自己就是那个放风筝的人，线在手里，随时都可以把她拉近一些。

可是现在，陈云云做的事，就是趁周知不注意，把这根线给剪断了。

她冷不丁给他这么一个雷子，周知一定是会很生气的。陈云云不想他生气。

可是，很显然，他一旦知道，又不可能不生气。

周知发来信息："我把课调开了，明天来陪你参加毕业典礼。"

青年教师是很忙的，科研压力特别大，但即便是这样，周知还是抽出时间来，尽可能地陪着陈云云。

陈云云看着这条信息，心里隐隐地知道，自己一旦走出了这一步，那就是不能回头的。她跟周知大概率会渐行渐远，然后慢慢分开。

生活圈不一样，心理距离真的会越来越大。

选择真的很艰难，好像永远没有两全其美。要了这个，就不能要那个。可是明明所有的，她都想要呀。

陈云云想要钱，想要在南江的工作，也想要周知。

当然，她也知道这是不现实的。只要她选择去南江，走出去了，那么就意味着她放弃了周知。周知想要的就是现在的她，温柔顺从地接受了他的安排。他不喜欢她不受控制。

可是每个人都有自己的想法，更何况她还那么年轻，今年才二十二岁。

陈云云编辑了好几段文字，最后还是没有提找工作的事，只是说："你今天晚上是八点四十下课吧？我过去找你好了。"

周知是有宿舍的，陈云云会时不时过去。

一切都跟往常没有两样。

周知说："好呀！我去给你买你爱吃的老酸奶蛋糕。"

陈云云立即回："不用了。"

她是想去告别的，怎么好意思再让周知继续付出。陈云云内心是愧疚的，她总觉得这个节骨眼上再去接受别人的好，实在是不对。

周知没有察觉，跟往常一样宠溺她："要的。偶尔吃一个小蛋糕，不会胖的。"

明明是很日常的对话，在这之前，他们重复过很多很多遍，但今天，陈云云看了，就有想哭的冲动。

她清楚地知道，自己放弃的不仅仅是一个工作一个地域，而是一个真诚对她好的人，还有他这个人带来的安稳生活。

可是不放弃又怎么办呢？

家里亲人生了大病，需要在南江治疗。她在南江那边工资会越来越高，医疗条件也比庐州好上一大截。

陈云云需要钱，而且不是一点点钱。所以，她必须得选择去更容易挣钱的南江工作，也方便照顾家人，这样就规避了跨省的各种麻烦事。

说句心里话，如果没有遇到那么多的波折，陈云云很乐意继续现在的日子，平平静静，顺顺当当的。

偏偏人生就是出现了意外，就像一栋大楼倾斜了一度，越往后头斜得就越多。

可她是真的很喜欢周知，很舍不得啊。

可再舍不得也得舍得。

周知是个直男，心思没有那么细腻，只是把这一天当成很寻常的一天。

他说："过些日子我们就领证结婚吧。房子暂时买不起，不过我们慢慢攒，以后总会有机会的。"

陈云云说："嗯。你有这个工作，就算是现在买不起房子，以后总会买得起的。"

周知说："好啊！"

陈云云没有说什么，用力地拉住了周知的手。

他的手很大很温暖。

陈云云的脑子里突然冒出来一个念头，不知道以后还有没有机会去拉着周知的手了。

很普通的剧情，很多人的青春里都会遇到，毕业那年就得失恋。

一个向东走，一个向西走，然后一对恋人再也走不到一起了。

不是没有感情，而是距离总有一天会让感情变得很淡，同时还有很多现实的因素去不断稀释感情。

再多的浓情蜜爱也抵不上时空的不断冲刷。

明知道坚持没有多大意义，也许换一个人会更好，所以很多人就没有那么坚定了。

到底这个年头，两个人天天腻在一起，都有可能崩掉，更别提他们会一直异地了。反正合适的人总是有很多。没有了这一个，还会有下一个。只要要求不是太高，一个人真心想结婚还是不难的。

都知道拿到了是这个剧本，要演这样的剧情，陈云云心里还是起了波澜。

在这件事上，周知没有一点错。只是他要的，陈云云可能给不了，而他能给的，自己确实又不需要。

没有钱真的是太难了。陈云云很想哭，但她忍住了。

她不想日后周知想起来她，回忆起他们作为恋人的最后一面，她是哭哭啼啼的。

她有些贪心，希望他们哪怕不能在一起，自己也能在周知的心里占据一个位置。

今天，她还得是周知美丽温柔的小姑娘，一直甜甜地笑着。

不，她要比往常更加的热情。

周知感觉到了这份热情，喜悦之情溢于言表："云云，我们毕业以后挑个日子领证吧。婚礼的钱，我早就攒够了。"

他是真的很想娶她，真心实意对她。

陈云云认真地看着周知，要把他的样子深深地记在脑海里。

这是要留给日后去回忆的。

属于她的青春时代的爱情。

再以后遇到的人，肯定不会如周知这样纯粹干净了，只会越来越复杂。

即便选择了她，也是权衡利弊之后的结果，掺和了越来越多的世俗因素。

很久以后，当她一个人在深夜想起周知，会不会怅然若失？

等到她花了那么多时间，翻过一座山，再翻过一座山，终于得到了自己要的一切，会不会觉得心里空落落的？

一路尘烟。

似乎有什么珍贵的东西被她永远遗失在时空缝隙里，再也寻不回了。

很遗憾，但也只能是遗憾。

陈云云猛然惊醒。

等真的放弃了，她是没有办法再回头的，但现在不是。

现在的她还可以回头，话还没有说出口。

入职通知书的电子邮件还躺在她的邮箱里。只要陈云云当没有看见，现在的一切都不会改变。

没有选择的时候，按部就班的感觉很不舒服，但是人一旦真正有了选择的机会，又觉得在进退之间很难。好像怎么选都有理由，怎么选也都没有理由。

突然，她被周知紧紧地抱住。

周知的怀抱是安定的温暖的，一如既往。

只是在她没有看见的地方，周知的神色有了一丝的犹豫。

他三十岁，事业才有眉目，就有同事来介绍相亲对象了。

对方是本地人，比他大一岁，工作好，家庭条件好，在庐州市中心有房有店面，长得也不错。女方找了个机会见了他一面，对他很满意，对他相当热情，每天嘘寒问暖，只要他点头，分分钟愿意和他结婚。

女方父亲是业内泰斗，说话分量很重，会对周知的事业有很大的帮助。他根本不用像现在这么辛苦，就可以轻易地得到以前望尘莫及的东西。

怎么看都是周知去高攀了人家，他实在没有理由去拒绝这么好的机会。

平心而论，不考虑感情的话，周知如何选择是一件非常简单的事情。

陈云云也就是年轻漂亮一点而已。

可年轻漂亮不值钱，这世上根本就不缺十八岁年轻貌美的姑娘。

周围暗恋他的美丽小姑娘一抓一大把。多的是替代品。

但，那是陈云云啊！

这世上就只有一个陈云云，她是独一无二的，就像白色玫瑰花一样盛开在他的心间。

周知不是没有更好的选择，也不是没有瞬间的犹豫。如果挑了相亲的女孩，他下半辈子会轻松许多，可那些选择里都没有陈云云。

他已经拥有了这世上最珍贵的白玫瑰，就不想再去看其他的花了。

周知摸了摸陈云云的头发："云云，我爱你。"

是啊，他真的爱她爱到了骨子里去了，爱到可以放弃很多世俗上的东西。

这辈子，他的心很小，被一个陈云云占得满满的，就不想再去为其他人花那么多心思了。

陈云云一下子破防了，泪水就跟珍珠一样不断地往下掉。

周知这么好，对她这么好，她怎么能忍心就这样悄悄地离开呢？她实在太不应该了。

巨大的愧疚感带着汹涌澎湃的爱意在她的心间掀起巨浪。她是真的舍不得周知呀！

陈云云哭得稀里哗啦的："周知，我也爱你。"

周知小心翼翼地哄着："不哭不哭，乖云云不哭啊！"

陈云云哭了一会儿，抬起脸，扬起一个大大的笑容："好，我不哭。你说过的，无论遇到什么事都不要哭，要去面对的。"

周知说："对啊！努力面对！"他停顿了一下，仔细地看着陈云云："你是不是遇到什么事了？"

对于陈云云的家庭情况，周知是心知肚明的。

他说："是不是咱爸又病了？我们把他接过来看病吧。你家那边的医院肯定没有省城这边的医院好。"

陈云云再也忍不住了，"哇"的一声哭出来："他去过南江了，得了肝癌。"

其实她真的想不明白，为什么命运对她这么不公平。她已经过得很不容易了，也没有干什么伤天害理的事情，怎么还让她遇到这些事情。

家里也没有这种遗传史，爸爸就莫名其妙得了这个病。陈云云想不通，真的想不通。

现在肝癌是可以治愈的，但是医生开出的方案是肝移植。肝已经配对成功，得尽快去手术，术后还要化疗吃药。

这需要很多的钱，可是陈云云家没有那么多钱。

家里唯一的商品房已经卖了，卖了四十万，再加上父母的积蓄，一共有六十万，但距离医药费还有几十万的缺口。

这可怎么办呢？巨大的经济压力让她喘不过来气。

她除了去找一份高工资的工作，拼命加班，努力补贴医药费外，真的没有别的办法了。

周知"啊"了一声，立即说："你知道的。我这三年的工资都存起来了。一年存了十来万，加起来有三十几万。"

说出这番话，他心里是有一丝后悔的。

这个钱是他一点一点积攒下来，准备拿来买房用的。他攒得很辛苦，舍不得吃，舍不得穿，舍不得用。

而这种事情很可能就是无底洞，多少钱花下去了，但人未必能救回来。

但他是陈云云的爸爸，他必须得去救。如果不救，陈云云肯定会很伤心的。这是他能够拿出来的所有了。

陈云云难以置信地看着周知。她没有听错吧！周知居然那么爽快，那么好！他们还只是男女朋友，在法律上，甚至在道义上，周知可以不用帮忙！

这不是一点点钱，这可是三十几万呀！周知的全部身家！

陈云云很感动。

周知对她真的是没话说了。这么好的人，她之前居然还动了不辞而别的心思，甚至她对周知都没有什么信心，觉得他是那种遇到点困难就算了的人！实在太不应该了。

她应该要更加信任周知的。错过了周知，就错过了这个世上对她最好的人。如果真是那样，她会遗憾终生的，而且再也不能弥补。

不，她绝对不能错过！

214

陈云云定定地看着周知，露出了大大的笑容。

差一点，就差一点点。

还好她什么都没有说，还好现在一切都来得及，就让那封邮件一直躺在邮箱里吧！

周知，就是她喜欢的人。

这么大的事，周知都没有放弃她，甚至没有一点点的犹豫，而是主动站出来！她觉得自己选择他很值得。

既然他没有轻易放弃，那么她怎么可以随随便便就放弃了呢？

什么南江，不去了！

在不圆满的人生里，能遇到周知这样有责任心的爱人，她就已经很圆满。

她就想牵着周知的手，努力去过好这平凡的一生。